KB266035

사계절 시네마

정경훈 시집

epikhē

ㅅㅏㅇㅣㅅㅣㅅ

사이시옷은 두 사물과 두 세계, 두 목소리를 이어 주는
작은 기호이다. 겉으로는 거의 보이지 않지만, 그 작은 소리가
앞과 뒤를 잇고, 멀어지려는 것들의 거리를 다시 좁힌다.
그 사이에서 생기는 숨, 긴장, 여운, 떨림을 우리는 〈사이〉라고 부른다.
이 시리즈는 바로 그 〈사이의 시(詩)〉에서 출발한다.

한 시인이 다음 시인을 부르고,
한 세계가 또 다른 세계를 향해 조금 기울며,
한 사람의 언어가 다른 사람의 언어 속으로 스며드는 릴레이 구조.

그 이어짐의 지점에 아주 작은 ㅅ이 놓인다. 흩어지지 않도록,
그러나 완전히 합쳐지지 않도록. 그저 조용히 사이를 열고, 울리고,
이어 주기 위해. 사이시옷 시리즈는 시인과 시인을 잇는 다리이며,
언어와 언어 사이에 생기는 투명한 떨림을 기록하는 연작이다.

그 사이에서 새로운 시가 태어나고, 또 다른 언어가 건너오며,
다음 목소리가 도착한다.

아주 작은 사이, 그러나 모든 시가 태어나는 자리.
우리는 그 틈을 사이시옷이라 부른다.

사이시옷 1.『진심의 바깥』, 이제야, 12,000원
사이시옷 2.『피냐타 깨뜨리기』, 이유운, 12,000원
사이시옷 3.『사계절 시네마』, 정경훈, 12,000원

추천의 글

정경훈의 『사계절 시네마』를 읽으며 내가 가장 먼저 떠올린 영화는 레오 카락스의 「퐁네프의 연인들」(1991)이었다. 얼마 전 또 한 번 개봉한 영화를 극장에서 보고 난 뒤 다음과 같은 메모를 남겨뒀다.

〈에너지! 에너지! 에너지!〉

「소년, 소녀를 만나다」, 「나쁜 피」와 함께 감독의 사랑 영화 3부작을 이루는 이 작품에서 배우 드니 라방이 분한 알렉스는 거리의 부랑자이자 불을 뿜는 곡예사로, 불현듯 찾아온 사랑(미셸)에 모든 걸 건다. 그리하여 그는 최후에 가 두 사람의 미래를 위해 발사됐어야 할 숨겨둔 총알로 자기 손가락을 날려 버리기에 이른다. 마시고 뛰고 재주넘고 춤추며 타오르던 그가 불길이 꺼져버린 눈으로 눈 쌓인 퐁네프 다리 위에서 희미하게 짓던 미소가 잊히지 않는다. 영화는 보여주지 않지만, 그 〈알렉스-드니 라방〉은 이제 불을 뿜는 거리의 곡예사가 아니라 아홉 개의 손가락으로 시를 쓰는 〈불구-시인〉으로 거듭났을 것이다(그가 미셸에게만 알려줬던 사랑의 밀어를 보라!).

시와 영화, 시인과 곡예사를 디졸브하며 나는 조심스레 예감했다. 근래 한국 시단에서 희박해진

불순-과잉-낭만의 에너지를 정경훈이, 그의
시편들이 채워줄 것이라는 걸. 그가 〈시단의 드니
라방〉으로 자리매김하여, 시대의 공기(감수성)에
조응하면서도 〈실험적인 컷들〉을 계속해서
보여주기를 바란다. 당신의 로케이션이 나는 여전히
궁금하다.
― 김현(시인)

시인의 말

기똥차게 활약했던 한 시대의 무대. 그리울 거야.
이건 우리만의 로케이션.

목차

˚우리는 모두 평생 닿을 일 없이
각자의 궤도를 떠도는 별들이다.
별과 별 사이, 수억 광년의 거리.
속삭이듯 말해서는 평생 서로를 이해할 수 없다.

그래서 나는 온몸으로 춤을 춘다.
그 별의 당신에겐, 아직 판독 불가의
전파에 불과하겠지만
언젠간 당신의 안테나에 닿길 바라며 춤을 춘다.

˚「아득히 먼 춤」(KBS2, 2016).

부록

　정말이지 나는 시네마를 사랑해. 너도? 너도
사랑하겠지. 그러니까 멀리 간 거지. 너 부재하는
자리에 남은 건 흑백의 날개. 약간의 호러. 그건
검은 새와 흰 나비의 날갯짓. 다음 날이 되었고
명동성당에는 폭설이 내렸더랬지. 이 세계 천사는
없지만 빔 벤더스와 페터 한트케의 시나리오는
영영 파쇄되지 않는다. 오늘의 드르륵드르륵
돌아가는 필름은 도수 높은 안경알에서 상영되고
있다. 베를린과 서울의 거리는 일직선으로
8,138킬로미터. 커다란 날개를 빌려 비행하는 동안
생각했다. 옛적의 나는 이 거리를 어찌 왕복했는지.
맨몸으로 고공을 질주하는 동안 생과 사의
문턱에서 사력을 다해 비벼봤는지. 문득 떠오른
「시네마 천국」. Cinema Paradiso. 여기서 Paradiso는
이탈리어로 낙원이다. 초월 번역으로는 천국이
되겠고 오아시스가 되겠고 우리만의 로케이션이
되겠다. 넌 광고가 흘러나오는 동안 펑펑 울었다.
「인생은 아름다워」 재개봉 예고편이 끝나고 난
뒤에. 여기서는 Life is Beautiful. 이탈리아어로는 La
vita è bella. 이탈리아는 너의 마음속에 나의
마음속에 있어. 그러니까 나를 너의 이름으로
불러줘. 그래서 우리의 언어는 초월 번역. 그래서 난

13

정말이지 루카 구아다니노를 사랑해. 너도? 너도
사랑했지. 배우를 음악을 계절을 색감과 배경을. 그
찬란함을. 우리는 구구절절 그의 영화를 입 밖으로
외치고. 입안에서 굴리다가 식도에서 올라온 애절을
솎아내지 않았지. 폭설이 지나간 뒤에도
내버려두었다. 차디찬 바닥에서 굳은 애절은
눈사람이 되었을까. 돌덩이가 되었을까. 멀리 있는
건 볼 수 없다. 내가 난시였다는 걸 넌 알았을까.
도수 높은 안경알에서 드르륵드르륵 맴도는 건
영원해. 우리는 분리되지 않는다. 적어도
시네마에서만큼은. 바깥의 너에게—시간은
순식간에 호러 쪽으로 기울기도 하지. 아마도 이건
너와 나의 세계에 바치는 마지막 몸짓일지도. 한번
들어봐. 이 영화를 보면서 나는 시네마를
사랑한다는 확신에 중얼거렸거든. 너도 들었을까?
들어봐.

♪ 「Vaster Than Empires」, 트렌트 레즈너Trent Reznor &
애티커스 로스Atticus Ross & 카에타노 벨로조Caetano Veloso.

Cut

　하여 우리의 세계는 로케이션. 영원토록
로케이션. 이름하여 49. 태양은 저물고 달의 한기는
만개한다. 지독한 겨울 지독한 추위 지독한 이 고독.
강박적인 박자들로 두 뺨 힘껏 치는 외로움.
외로움이라는 탈진. 탈수된 채 행진하는 거리.
테크노를 들으며 홀로 전진한다. 군중의 얼굴은
죄다 X 표시. X(혼자) XX(너네도 혼자잖아)
XXX(너랑 너랑 너도 혼자잖아 솔직히). 진정
테크노 댄서는 홀로 춤을 춘다. 홀로 홀로 홀로.
무대를 부술 것만 같은 독고다이의 하중. 하여 나는
혼자가 되어 너의 곁을 떠나지 않는다. 내 생은 4로
이어져 있다. 생각 사(思), 죽을 사(死) 그리고 사랑
애(愛). 이 모든 것을 담아 문신된 사월(巳月). 우리
끊어질 수 없는 선으로 이어져 있잖아. 난 49에
살고 49는 애도, 49는 그리움. (솔직하자 솔직히
너도 혼자라는 지옥을 알고 있잖아.) 우린
평행선이다. 직선만이 끝인 세계에 있다. 시작도
끝도 없는 곳. (믿고 싶다 배신하고 싶다 없는 삶을
살고 싶다,) 그럼에도 휘어진다는 건 자연스러운
판타지. 우리의 로케이션. 자동차 기차 지하철
하늘을 질주하는 비행기. 사공과 물질을 헤치고
가는 길. 어딜 그리 매섭게 쏘다니냐 묻는다면 그저

영화관 가는 길이라 말할 수밖에 없다. 헛기침이
마른 손바닥에서 새어나오며. 매연을 잡아먹는
한숨. 하―돌담길의 벽돌처럼 촘촘하구나―하.

Cut 1—1

  뿜, 뿜, 뿜, 뿜, 뿜(테크노 재생 중). 오른쪽 고막에서 왼쪽 고막까지 때려 박히는 기계음. 착각인가? 왼쪽 오른쪽 나눌 것 없이 동시에 나자빠지는 몽환의 시간, 이것은 그야말로 행복으로의 망상. 뿜 뿜 뿜 뿌 삐 삐(테크노 재생 종료). 스크린이 언제 암전됐지? 영화 음악 감독 R.I.P. 정신 차려보니 홀로「로케이션 49」의 GV. 자서가 쏟아지는 무대. 서서히 드리우는 조명을 바라보며 생각한다. 동화처럼 살고 싶다. 정말이지 비극의 소설을 덮고 동화 같은 삶을 살고 싶다. 같은 파자마를 입고 침구에 물들었던 너의 체취가 떠오르는구나. 아름다웠지. 고로 검은 새는 슬피 울었고. 곁에 선 이는 숨이 막혔던 거지. GV 시작—감독과 사회자의 말—이어지는 관객과의 소통—1시간 동안의 대화들—말 말 말—히잉 히잉—부끄러운 질문자—씹을 당근이 없는 자는 침묵—밖으로 나온다—밖에서 나뒹굴기 위해—바람 빠진 공처럼—허전하다. 공허하다. 계절감인가. 겨울이란 왼손에는 결핍 오른손에는 권태. 양손으로 공터의 따귀를 후려치고야 만다. 이 세계 자멸하듯 토하고. 말 말 말 먹을 게 없어 고프고. 말들 힘 다 해 죽어 묘비명 고안하고. 이

길에서 정신없이 헤매다 쓰러진 자들 술잔으로
자신을 쏟는다. 모두의 마음은 같다. 이 겨울에 모든
것을 걸었다. 먼 곳에서 돌아오는 아킬레스건.
발바닥으로 잔을 채우는 건 어디 테크노
댄서뿐인가. (홀로인 홀로를 위하여) 돌고 도는
사십구재. 사진 한 컷이 필름 한 컷이 시 한 편으로
기록될 수 있을까—지금도 장편으로 살아 기억
속에 선명한 건 단편적인 한 컷 한 편. 하여 내
불안전한 몸이 더 불온해지기 전에 로케이션의
약력들을 문신해두었다. 여기가 우리의 로케이션.
흑백의 작은 미술관. 한 칸의 소규모 예술 극장.
얼굴 없는 관객들을 위한 암전의 전시장. 다시금
되새기고 싶을 때 두고두고 볼 수 있도록.

부록°

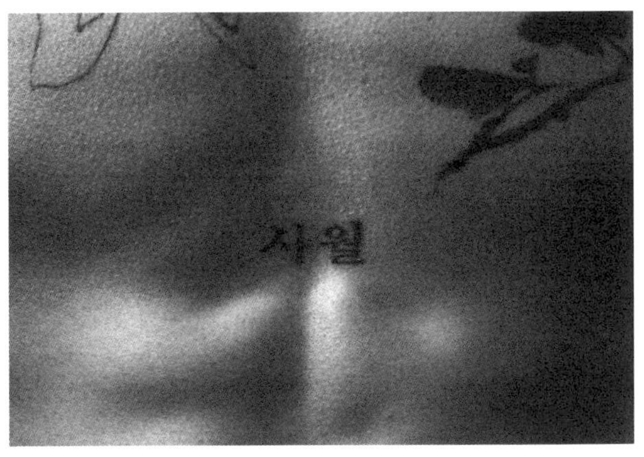

° 사월. 광장 혹은 밀실의 중앙. @명치.

　너와 나의 로케이션. 이 세계가 종말 하기까지 49분이 남았다면 난 어떤 이야기를 해야 할까. 너 옆에. 나 너 옆에서. 49분. 그리고 지워지는 콘크리트 44초. 독일가문비나무 42초. 주황 신호등 40초. 카탈루냐 광장의 젊은 여자 39초……. 노자의 검은 바다. 암흑의 안락함. 망막과 신경의 고요. 눈앞으로 스쳐가는 별. 별. 별. 흑백으로 번뜩이는 광속의 그림자. 육신이 떠다닌다. 취한 몸. 소멸하는 근육과 녹아내리는 뼈. 녹슨 하수구 철제 사이사이로 흘러 들어간다. 잔혹한 해설(解雪)과 잔설(殘雪). 종말은 아직 겉녹다. 나풀나풀 흰 나비. 저것이 나의 정신인가. 내는 소리도 좋은 나풀나풀. 어머니의 필름 속으로 되돌아가고 싶다는 열망. 뜨겁지 않아. 거긴 편안해. 긴 기다림을 세며 너에게 어떤 이야기를 해줘야 할까. 망할 세상을 내게 던지고 간 사람아. 마이즈너 테크닉 실패. 풀 한 잎의 일렁임 없다. 그러나 폭풍같이 몰아쳤던 투명한 날갯짓. 49분의 존망. 명치가 매섭도록 쓰라리다. 사월을 쓰다듬어본다. 아직 종말은 내게서 겉돈다. 생각하는 몸통. 가슴팍에서 번져가는 잉크. 속절없이 퍼져 나간다. 흘러 흘러 검은 바다. 지워지는 디른들Dirndl 과

레더호젠Lederhosen 44분. 매트 염색 머리카락 46분.
씨네큐브 광화문 48분. 그리고 49분의 흑백의 세계.
끝나지 않는 너와 나의 로케이션. 난 이걸 가져갈
거야. 숨소리. 기억해. 들숨이 있으면 날숨도 있는
거야. 기억해. 너와 나의 배경음악.

♪ 「Soldier of Love」, 프란체스카 스콜세지Francesca Scorsese.

혈관 속에서 떠도는 너라는 피. 육체는 피사체 너는 만물의 관리자. 로케이션. 닿을 곳 없다. 너무 닿아 더 닿을 곳 없다. 겨울. 겨울에도 이상하리만큼 따스한 날 이상하리만큼 쓰라린 날. 황무지로 가기 위해 벽 앞에 서다. 한 손에는 빼빠 한 손에는 문학 계간지. 황무지로 가기 위해 벽 문지르다. 빼빠로 밀다. 문학 계간지로 중심 잡는다. 빼빠 점점 닳다. 문학 계간지 구겨지다. 한 편의 시 분분하게 낙하하다. 중심 무너져 나 바닥에 닿다. 빼빠 마모되다. 한 편의 시 낭독되다. 사라지다. 흔적 사라짐에 소리 사라지다. 황무지로 가기 위해 황무지가 되는 일. 넌 이걸 일생의 치유라 불렀지. 로케이션 무너지다.

작업 중—로케이션 49: 공구리. 공구리치다. 공드림. 공을 들이다. 꽂다. 눕히다. 절단하다. 꺾다. 깎다. 밟다. 세우다. 빼빠. (넌 이 모든 것을 손으로 해야 한다고 소리 했다.) 로케이션 49: 브루탈리즘 바우하우스 콘크리트. 이것저것 끼워 넣으니 멋있긴 해. 내가 직접 봤어. 그러니까 다시 시작해야 한다. 로케이션 49: 부수다. 한 손에는 해머 한 손은 거들 뿐. 우리가 닿는 곳이 곧 플랑슈. 양손으로 내려치다. 부서지는 플랑슈. 한 손은 거들 뿐.
반복과 반복과 반복. 다음엔 뭘 만들지. 작업
중—무한 반복. 풍문 돌고 돌아 방충망에 들러붙다.
오래된 빌라 반지하 집 사내는 매일 뭘 하고 사는지
저리 시끄러울꼬.

　양 팔을 쭉 펴. 긴 벽을 차례차례 짚으며 간다. 긴
벽의 길이를 재어본다. 긴 벽에 의해 너는 가늠할
수 없이 멀어지다. 독일에서 내가 봤어 브루탈리즘
바우하우스 콘크리트. 너도 라트비아에서 봤겠지
브루탈리즘 바우하우스 콘크리트. 양 팔을 쭉 펴. 긴
벽에서 구르다. 이마 옆통수 뒤통수 다시 옆통수
다시 이마. 널 감각하기까지 긴 긴 벽을 재어보았네.
온몸에 너를 묻혀가면서. 난 효자동에서 광화문까지
살았고 넌 광화문에서 삼청동까지 살았네. 우린
어딜 가나 닿았네. 너무 닿아 마모되고 싶었네.

　곰팡이가 피어버린 너의 여백 누군가는 청춘이라
부르던 그 종이 위에서 나는 얼마나 서럽게
울었던가°

　피어오르는 먼지.
　건조한 로케이션의 화수분.
　잿빛의 겨울 꽃가루.
　완공이란 없는 작업 중—로케이션 49.

제철이니 귤 한 바구니 사세요.
너 한 손은 바구니 내 한 손은 촘촘한 알베도층.
갈 길 잃다 통인시장 통과하다.
내 두 손은 거들 뿐.
풍성하다 빈곤해질 때의 빈자리는 무얼로 채우나.
너의 두 손은 어찌 나타나질 않다.
귤이나 까줘.
제철 지나 떠났고 돌아오니 참으로 제철이로다.
텅 빈 공터 벤치에 앉아……

트랙터. 가만 보고 있자니 내 흉통을 지르밟고
가시니 겨우내 돋아난 꽃 한 송이 뭉개져 잿빛
꽃가루 훨훨훨훨…… 비는 나리지 아니하고 어미
마음에 불쏘시개 던지는 노릇이며 아비 제사 불참
선언으로 나라 망신 가족 망신 자아 망신. 소주 한
잔에 털어 넘기려 애쓰지만 반지하 곰팡이 집 안
오십 초도 못 가 밀려오는 구토 털털털털……
인왕선 산등선 거닐던 건 이제 그만 불행을
털어내고 싶었기에 소리 내던 발자국 털털털털……
그 길이 희망이었다고 언제 적인가 너의 손목을
잡고 말했던 것만 같은데. 거 참 언제 적 너의
손목이었던가. 온 세상 하얗다가 실낱처럼 파랬다가
희망 끄트머리에 다다를 때면 붉어지던 너의
손목이었는데. 이제 그 길 잿빛 꽃가루 한 줌 찾을
수 없고 나무 동물 꽃 굳건하게 탄생하는 건 산불에

24

전소되었으니 조금만 바람 불면 언제 적인 너 작고
작아져 훨훨훨훨…… 희망이란 절망보다 한 획
덜하다. 덜하다는 사실에 깜지를 쓰다 멈추고 쓰다
멈추고 작고 작은 글자를 보며 희희희희…… 새어
나오는 실소.

　4톤짜리 덤프트럭. 관자놀이 덮치다. 트랙터 다
커서 갓난아이 울음소리 잊고 우렁차게 박다.
미래를 내다본 절규. 하늘 아래 공화국에서
메아리치다. 국민들 감정 뜨거움. 시위대 손바닥
뜨거움. 작업 중—로케이션 49 보는 눈초리 따가움.
중립국 차가움. 너와 나의 로케이션. 어쩔 수 없이
커버린 어른들. 통제 중인 자하문로. 시민들의
아우성이 디지털을 점령하다. 끝도 없는 소리 있다.
흉통 외곽에서 흘러나오는 음악. 「Space 1.8」, 날라
시네프로Nala Sinephro. 재생하다. 마데카솔 바를래?
마데카솔 바를래. 혼자 바를 수 있겠니? 혼자 바를
수 있지. 질퍽하게 바르지 말고. 질퍽하게 바를래.
숨 트일 구멍은 줘야지. 숨 트일 구멍 줘야지. 다
아물면 황무지.

○「토성의 영향 아래」, 도재명의 가사.

한낮에 떠있는 달이 되고 싶어. 한낮에 떠있는 달이 되고 싶은데 아노라Anora. 한낮에 떠있는 달이 되려면 한낮에 떠있는 해를 보면서 한낮에 떠있는 구름 뒤에 숨어 한낮에 떠있는 달이 되고 싶다고 빌어야지. 한낮에 떠있는 달이 되고 싶다가도 한낱 떠다니는 공상으로 그칠 것만 같아 한낮에 물어뜯은 손톱을 들어 올려 한낮에 떠있는 달이 되었다고 우긴다. 그런 순간에는 한낮에 감은 눈이 되는 게 좋겠지. 혼령처럼 노숙처럼 한낮에 사라진 꿈의 조각처럼. 한낮에 떠있는 달이 되고 싶은데 한낱 뭉개지고 한낱 흩어지면 나 어찌하나 아노라. 어쩌다 한낮에 떠있는 달을 보았고 한낮에 떠있는 달은 걸어가 없는 이와는 평생 마주칠 수 없다는 사실을 깨달았을 때 처음으로 이 세계를 탐하였다. 한낮에 떠있는 달이 되고 싶어. 한낮에 물어뜯은 손톱들을 양손바닥에 모아 닳도록 비볐지. 아노라. 한낮에 떠있는 달.

「로케이션 49」는 한 세계의 연장선이자 현실과 미래와 과거를 보존하는 행성이다. 황무지도 있고 경복궁도 있고. 장례식장도 있고 퐁네프 다리도 있고. 광장도 있고 오아시스도 있다. 종말과 부패를 막을 순 있는 건 영화도 아닌 문학도 아닌 오직 음악뿐. 언젠가 티타늄 합금의 파편과 폴리카보네이트 덩어리가 이 세계를 덮치기 직전이었다. 「로케이션 49」의 감독 겸 주연배우인 한 사내는 차분히 손가락을 움직이며 음악을 재생했다. 「Visions of Gideon」, 수프얀 스티븐스Sufjan Stevens. 그 순간 어디선가 보았던 기시감 속에서 한 영화의 시퀀스가 시공간을 채웠다. 창밖에서 쏟아지는 폭설. 겨울과 입김. 타닥타닥 타는 장작. 불과 얼굴. 눈동자에서 반사되어 보이는 찢긴 스판덱스. 흑백의 가루 되어 흩날리는 우레탄. 그리고 한곳을 응시하며 울고 있지만 그곳이 눈물의 근원이 아님을 보여주는 사내의 시선처리. 음악이 멈춘다는 건 다시 한 세계의 연장선이 이어지고 있다는 것. 시네마를 나가 담배를 서너 개비 털어내고도 오열의 영역에서 살고 있다는 것까지. 현실과 미래와 과거는 하나의 세계에서 이어지고 돌고 돌며

스치고 닿고 떠난다. 이 이야기는 단 한 곳의
로케이션에서 담았다. 그 한 곳이 모든 것의 모든
곳일 수도 있겠다.

　너 꿈에 나왔어. 너 나와 같이 살았어. 너 편안했어. 너도 편안했어. 너 파자마 입었고 표정도 있었어. 난 꿈에서 나왔어. 꿈처럼 살지 못할까 봐. 흑색 백색 담아 기억했어. 권태와 허무 사이에서 허무를 두려워하지 않을 힘을 찾고 있다고 했어. 너. 권태는 참을 수 없는 것 허무는 견딜 수 없는 것. 너. 여기는 창백한 잿빛의 도시. 오아시스는 그곳에 있겠구나 싶었어. 이제 더 이상 어느 것으로부터 도망하지 않는다고 했어. 너는. 그득그득 등에 업으면 투명과 투과 사이에서 번지던 빛나는 용기들처럼. 웅크려 지내야만 했던 이유를 열거하지 않아도 겨울과 폭설과 몸살만으로도 설명되듯이. 봄에만 피는 꽃으로 너저분한 커튼. 한 겹을 뚫고 당면한 이 세계에서 눈을 떴어. 흑색 백색을 소리 내면서. 별안간 편지 한 장이 머리맡에서 흔들리고 있었어. 광화문 외벽에 우두커니 떨고 있는 민들레 한 송이처럼. 그걸 보곤 소스라치던 너. 예쁜 건 무서워. 한 철이잖니 기약 없잖니 꿈만 같잖니. 모든 꿈은 내 손안에 있다고 너에게 말해줘도 될까. 나 꿈에서 나왔어. 비몽사몽해. 너도. 꿈만 같잖니. 눈동자와 눈동자로 쓰이던 권태와 허무. 그리고 등불 같은 염원. 그 끝에는 건강해 한마디. 늘

건강해. 너도. 늘. 내 시는 죽었어 오늘은 동굴 밖을
나서보렴. 내 손에는 아주 작은 불빛이 있어.
조약하게나마 빛나는 용기 같지. 이걸 기억했다가
말해 주었어. 다시 만날 로케이션에서. 너와 내가
지었어.

p.s.

넌 이걸 초고의 삶이라 적었지만 내 삶은 이미 범람해서. 기이 지웠다. 넌 내게 아직 낭떠러지가 아니라며 편지했다. 그곳은 내 발밑에 있고 밟고 서 있는 한 사내가 겨우내 고개를 들기 시작했다. 매일매일 별을 세어보겠다는 마음 하나. 넷. 열. 넌 오래전부터 지우는 삶을 살았다.

기록되지 않겠다는 다짐은 뭘까.

넌 긴장하고 있어.
난 긴장하고 있어.
넌 긴장하고 있어.
난 긴장하고 있어.
넌 긴장하고 있어.
난 긴장하고 있어.
넌 긴장하고 있어.
난 긴장하고 있어.
넌 경직되어 있어.
난 경직되어 있어.
넌 경직되어 있어.
난 경직되어 있어.
넌 경직되어 있어.
난 경직되어 있어.
넌 경직되어 있어.
난 경직되어 있어.
넌 경직되어 있어.
난 경직되어 있어.
넌 자유를 잊고 있어.
난 자유를 잊고 있어.
넌 자유를 잊고 있어.
난 자유를 잊고 있어.

넌 자유를 잊고 있어.

난 자유를 잊고 있어.

넌 떨고 있어.

난 떨고 있어.

넌 떨고 있어.

난 떨고 있어.

넌 떨고 있어.

난 떨고 있어.

넌 떨고 있어.

난 떨고 있어.

넌 손을 움직이고 있어.

난 손을 움직이고 있어.

넌 긴장하고 있어.

난 긴장하고 있어.

넌 긴장하고 있어.

난 긴장하고 있어 넌 날 보고 있어.

난 널 보고 있어.

넌 날 보고 있어.

난 널 보고 있어.

넌 날 보고 있어.

난 널 보고 있어.

넌 날 바라봐주고 있어.

난 널 바라보고 있어.

넌 날 바라봐주고 있어.

난 널 바라보고 있어.
넌 날 바라봐주고 있어.
난 널 바라보고 있어.
넌 날 보고 있어.
난 널 보고 있어.
넌 날 보고 있어.
난 널 보고 있어.
넌 날 보고 있어.
난 널 보고 있어.
넌 날 보고 있어.
난 널 보고 있어.
넌 날 바라봐주고 있어.
난 널 바라보고 있어.
넌 날 바라봐주고 있어.
난 널 바라보고 있어
넌 날 바라봐주고 있어.
난 널 바라보고 있어 너도 날 바라봐주고 있어.

나도 널 바라보고 있어.
넌 눈에 흔들림이 없어.
난 눈에 흔들림이 없어.
넌 긴장하지 않았어.
난 긴장하지 않았어.
넌 긴장하지 않았어.
난 긴장하지 않았어.

넌 긴장하지 않았어.

난 긴장하지 않았어.

넌 편안해.

난 편안해.

넌 편안해.

난 편안해.

넌 편안해.

난 편안해.

넌 편안해.

난 편안해.

넌 편안해.

난 편안해.

넌 단단해.

난 단단해.

넌 단단해.

난 단단해.

넌 단단해.

난 단단해.

넌 단단해.

난 단단해.

넌 단단해.

난 단단해.

넌 단단해.

난 단단해.

넌 단단해.

난 단단해.

넌 단단해.

난 단단해.

넌 단단해.

난 단단해.

넌 단단해.

난 단단해.

넌 단단해.

난 단단해.

넌 단단해.

난 단단해.

넌 단단해.

난 단단해.

넌 단단해.

난 단단해.

넌 단단해.

난 단단해.

넌 딱딱해.

난 딱딱해.

넌 딱딱해.

난 딱딱해.

넌 노력하고 있어.

난 노력하고 있어.

넌 노력하고 있어.

난 노력하고 있어.

넌 노력하고 있어.

난 노력하고 있어.

넌 노력하고 있어.

난 노력하고 있어.

넌 노력하고 있어.

난 노력하고 있어.

넌 노력하고 있어.

넌 노력하고 있어.

넌 노력하고 있어.

난 노력하고 있어 넌 슬퍼.

난 인지하지 못했어.

넌 인지하지 못했어.

난 인지하지 못했어.

너의 눈은 슬퍼 보여.

나의 눈은 슬퍼 보여.

너의 눈은 슬퍼 보여.

나의 눈은 슬퍼 보여.

너의 눈은 슬퍼 보여.

나의 눈은 슬퍼 보여.

너를 보면 슬퍼 보여.

나를 보면 슬퍼 보여.

너를 보면 슬퍼 보여.

나를 보면 슬퍼 보여.

너를 보면 슬퍼 보여.

나를 보면 슬퍼 보여.

넌 가엾지 않아.

난 가엾지 않아.

넌 가엾지 않아.

난 가엾지 않아.

넌 가엾지 않아.

난 가엾지 않아.

넌 가엾지 않아.

난 가엾지 않아.

넌 가엾지 않아.

난 가엾지 않아.

넌 가엾지 않아.

난 가엾지 않아.

넌 날 보고 있어.

난 널 보고 있어.

넌 날 보고 있어.

난 널 보고 있어.

넌 편안해.

난 편안해.

넌 편안해.

난 편안해.

넌 편안해.

난 편안해.

넌 밀실에서 평안해.

난 밀실에서 평안해.

넌 밀실에서 평안해.

난 밀실에서 평안해.

넌 밀실에서 평안해.

난 밀실에서 평안해 너도 밀실에서 평안해.

난 밀실에서 평안해.

넌 밀실에서 평안해.

난 밀실에서 평안해.

넌 긴장하지 않았어.

난 긴장하지 않았어.

넌 긴장하지 않았어.

난 긴장하지 않았어.

넌 긴장하지 않았어.

난 긴장하지 않았어.

넌 긴장하지 않았어.

난 긴장하지 않았어.

넌 지금 자유로워.

난 지금 자유로워.

넌 지금 자유로워.

난 지금 자유로워.

넌 편안해.

올 것이 왔구나. 난 인지했다. 너 내게 단단하다고 레피티션 했을 때 올 것이 왔다. 난 무너졌다. 넌 무너지지 않았다. 넌 무너지지 않았음을 인지했다. 난 단단해라고 재레피티션 했을 때 넌 무너졌어라고 레피티션 하지 않았다. 난 무너졌다. 하여 딱딱해지고 싶었다. 넌 날 바라봐주었다. 그러므로 난 물렁했고 유약했다. 넌 편안해. 난 편안해. 나도 편안해 너 날 바라봐줘서 편안해. 이 레피티션으로 마이즈너 테크닉은 실패했다.

낙원과 낙관: 현실 도피—

너랑 손잡았다. 너랑 손잡아 자랑했다. 너 나의 자랑 되었고 난 너의 자랑 되겠다고 다짐했다. 그곳은 한남오거리였고 스파카나폴리의 골목길이었고 전쟁 중인 서아시아를 지나는 비행기 안이었다. 영화처럼 초 단위로 넘어가는 컷을 하나하나 붙여 자서에 남기고 싶었다. 앞머리 찰랑이면 잎사귀 펄럭이던 흑백 필름 속의 원고지처럼. 너랑 손잡았다고 자랑했다. 오늘 밤은 손 씻지 않겠다고 떠벌렸다. 베개로 뛰어들어 길몽 속에 갇혀 지내겠다고 선언했다. 이만치면 되었다고 소리쳤다. 자랑은 멀리멀리 퍼져 개개인의 국경을 넘었다 나왔다를 반복했다. 한 친구가 내 손을 잡고 내 자랑을 맞이했다. 자랑이 지나가고 내 손을 놓았을 때 한 친구가 말했다. 하긴 손이 축축하더라. 세상에서 가장 슬픈 구애였다. 오늘 밤은 내 손을 잡고 놓지 않는다. 자랑자랑 넌 나의 자랑.

부록

이 생은 불안으로 포개어진 보따리다. 섬망으로
이루어진 뇌 구조이고 네 평짜리 원룸에서 본능
하는 질주다. 흑과 백의 연속인 프랙털의 시간.
커가는 새와 좁아지는 구조. 연속적인 건 집착의
이미지다. 커졌다 작아졌다 커졌다 작아졌다.
가시나무는 자신의 가시를 망각한 채 바람의 춤을
추었다. 거센 저항의 몸짓은 강풍마저 사그라들게
했다. 뻗쳐 나가는 몸짓으로 텅 빈 숲 전체를
가시밭길로 일구었다. 가시밭이 된 세계. 넌 몰랐다.
나도 몰랐으니까. 뒤늦은 앎은 고역이다. 우리
어디서 만날 수 있을까. 접착의 지점으로 가려 한다.
불순물에 봉착할 때마다 로케이션을 건축했다.
하나씩. 영역 표시는 길바닥에 꽂힌 가시. 재난과
폭설이 눈앞을 가려도 넌 느낄 수 있다.
발바닥에서부터 머리끝까지. 도시의 가시밭길과
광장의 가시밭길과 밀실의 가시밭길을. 나는 지금도
밟아가고 있다.

점 찍고 싶지 않아서

기록하지 않았던 것들이 이만치 쌓여 내 손목을
두른다.

점 찍고 천장을 응시하면

잊음과 있음과 없음의 이름

은하수의 눈동자처럼 촘촘하고.

날 내려다보는 너 널 올려다보는 내가 한데 엉켜

봄 여름 가을 겨울을 지었다.

공중을 휘젓는 손목. 점 찍고 싶지 않아서

순간을 비틀고

순간을 돌리고

순간을 꺾는다.

뚝. 부러지거나 맞닿거나 끊어지거나 부딪치거나.

뚝. 순간을 경계하는 고양이의 자세는 고유하다.

뽑을 수 없는 못 하나하나에 박혀 있는 정신이

이심전심으로 뺑뺑 돈다. 너와 나의

로케이션에서.

바닷가의 사계처럼.

표류하는 분실물처럼 혹은 찾는 이 없는

유품처럼

혹은 젖은 종이처럼 혹은 회수할 수 없는

마음처럼.

그건 플라스틱. 그건 흉기. 그건 계급. 그건
커플링.
저건 사체. 저건 노래. 저건 사십구재 정신.
이 모든 것이 머릿속을 헤집다. 널 보는 진짜
너를
날 보는 진짜 나를 경계한다. 고유하니까.
희끗희끗 주변을 맴도는 것이 있다.
어쩐지 몰수패한 듯 주저앉아 다뉴브강을 보던
한 사내.
엎질러진 물을 담을 수 있다고 믿는
손바닥으로 진창을 모으며 뱉던 사내의 혼잣말이.
이건 오아시스야 이건 너야 이건 시야.

점 찍고 나니 무너질 것만 같은 로케이션.
정말 떠날까 봐 정말 끝이 날까 봐.
점 찍는 일이 정체될 때마다
넌 미치지 않았어
매일매일 하던 말을 곱씹다가도
곱게 미치는 건 죽어서도 억울할 것만 같아
되도록이면 끝까지 미치고 싶어
급발진하듯 점을 찍는다.
(이건 오아시스야 이건 나야 이건 시야)
한 사내 점 찍는 일은 방랑으로 이루어야 한다는
강박증에
숨이 가빠진다. 가빠지는 숨에도 들숨 날숨을

빼놓을 수 없지.

빵빵 도는 타이즈 입은 러너.

경복궁을 둘러싼 외벽. 너 두 눈으로 보았던
민들레 한 송이 여전하다.

잘 살아있으니 걱정 접어두고.

왼편에서 접을까 오른편에서 접을까

위가 좋을까 아래가 좋을까

다시 들여다볼 때의 그리움을 한눈에 보고
싶어서.

그저 떠 있는 달을 입속에 넣어 커다랗게 굴리면

내 등판을 타고 날아온 검은 새 천공을 질주한다.

저 새는 어떻게 우나?

길게 늘어뜨렸다. 끝내고 싶지 않아서

아래로 아래로 깊숙한 아래를 향해. 가장 간절한
하향을 하며

낙원의 무대를 상상한다.

한 다스의 목소리를 모아 가스펠을 쌓고

너 진탕이네 나 흙탕이네 싸우고

당을 보지 말고 사람을 보라며 손가락질하고

중지는 세 번째이고 약지는 네 번째이고.

햇살에 발광하는 사내.

찬란을 너무 사랑해서 그 작은 미약을 향해
투신하고.

무대 위에 이런 넝마주이를.

넝마주이의 얼굴은

연필로 칠한 듯이 까매야만 하고

매일 밤 펜을 잡다가 피로에 져서는 종잇장에
온몸을 묻고.

피골은 상접하고 거북목에서 이어지는 척추는
음표처럼 적나라하고.

과잉과 장고의 천착을 손목에 두르고.

밑으로 밑으로 추락하다 보면

어느덧 사십구재의 환각이 쏜살같이 흑백을
덮친다.

다음 날 너는 귓속에서 말해 주었다. 어젯밤 나의
잠꼬대를.

어디선가 본 듯한 기시감의 넝마주이—
속눈썹. 속눈썹. 이게 다 속눈썹 때문입니다.
간질! 간질! 울 아부지는 간질환으로
돌아가셨습니다. 부고는 읽으셨나요? 읽지도
않았으면서 다들 사인만 받으려고 하네. 제기랄.
사람들의 눈치가 내 속눈썹을 간지럽게 만들어.
사르트르의 말처럼 타인은 지옥입니다. 지옥에서 온
타인. 타인들의 지옥. 인간은 연기자. 가면을 쓴
최후의 악. 인간은 태초부터 배우. 딴따라. 딴. 딴.
딴. 딴. 딴따라. 드니 디드로는 『배우에 관한
역설』에서 〈열정에 빠져 연기하는 순간에도 자기
자신을 잃지 않으면서, 스스로를 관찰할 수 있는

침착하고 냉정한 머리를 갖고 있어야 한다)고
썼습니다. 즉 밀고 나가는 힘보다 밀어 넣는 힘이
승패를 가르는 승부처라는 말이죠. 허나 주제도
모름서 자신도 모름서 아무것도 모름서 우악시리
살고 있는 똘추 머저리들! 잊고 삽니다. 오늘이
어제가 되면 잊고 살아요. 간지러웠던 나는 누구요.
여긴 어디요. 속눈썹. 속눈썹. 악! 악! 내 속눈썹.
매일매일이 간지러. 간질. 간질. 이 씨! 하도
비볐습니다. 하도 비벼서 소리쳤습니다. 내 속눈썹
어디 갔어! 취하라—샤를 피에르 보들레르.
취해있어야 합니다. 기필코 잃는 자세 잊는 자세.
절제를 잃는 것도 인간입니다. 우리의 영혼은
분실물. 떠다니고 흘러가고 눈앞에 있어도 잡지
않는 한 컷 한 컷. 호소를 연기하는 악랄한 영혼들.
가보지도 않고 기다리기만 하는 현대사회. 무능에
적응해버린 세속적 관습. 이런 세상사에 신호등을
기다리지 않는 한 사내가 있습니다. 그 사내가 바로
나요. 저 멀리서 달려오는 광기에 사로잡힌 차 한
대. 종횡무진. 이판사판. 그놈의 광기. 충혈된
안구에서 적색의 신호가 반사됩니다. 끝까지 내려간
차창 너머로 칠흑 같은 얼굴을 내밀며 부득이하게
닥칠 죽음을 준비합니다. 너 죽나 나 죽나 한번
맞닿아보자고. …… 몇 초간의 정적. 때마침 방문
밖에서 들려오는 헤어드라이기 소리. 귓속을 후벼
파는 꿈의 파편. 일상의 소리. 지독하리만큼 길었던

잠에서 깨어났습니다. 방을 나서자 너는 나를 보고 있습니다. 웃는 것도 우는 것도 아닌 얼굴로. 그건 걱정이었던 것 같기도 했고 안심이었던 것 같기도 했습니다.

반대편 귓가에서 서성이다 말해 주지 못했다.
햇살에 담긴 너의 아침을 찬란함을.

♪ 「more than word」, 히츠지분가쿠 (羊文学)

「로케이션 49」 대본집 中, 주연 〈나〉의 독백—

돌아오는 길입니다. 수많은(광화문의 가로등이
열렬히 스쳐가고) 고민 끝에 적습니다. 솔직하지
못했기에 아직도 치기 어린 소년인 것만
같기에(「Shallow」, 레이디 가가Lady Gaga &
브래들리 쿠퍼Bradley Cooper가 흘러나온다). 저는
가난했습니다. 불우하지는 않았지만 가난했습니다.
지금도 그러합니다. 기초수급자이기에 급여의 반은
현금으로 지급받습니다(노쇠한 어머니의 뒷모습을
떠올리며). 아버지는 2017년 밤하늘에서 가장
빛나는 별을 향해 떠나셨습니다. 돌아오지 않겠다는
선언이었습니다. 갯벌처럼 텅 빈 통장에서 세숫대야
속의 미역처럼 불어난 빚만을 남기고. 역겨운
나날이었습니다. 겨울이고 여름이고 밤이고 낮이고
쉬지 않았습니다. 다섯 시간마다 울어대는 뻐꾸기의
굴레였습니다. 그렇게 벌어 오십만 원 칠십만 원을
매달 덜어냈습니다. 뛰어야만 했습니다(질주하는
하체를 따라가며). 이런 삶을 살았기에 당신을
동정하지 않습니다. 하물며 당신을 싫어하지
않습니다. 인간을 증오해도 당신은 영원만치
소중합니다. 이제는 부재의 당신에게 닿을 수

없습니다. 덜어내던 시간처럼 제 몸짓은 몽당연필의
끝자락처럼 깎여갑니다. 어제도 오늘도 저의 수신은
공중 분해되었습니다. 불신만이 저의 신앙입니다.
저는 매일 자신을 잃어버립니다. 목도하면서
포기하며 방관합니다. 당신 없이 그저 살아내고
있습니다. 요즘의 저요? 음. 얼마 전에 이끌리듯
병원에 갔습니다. 의사와 마주 앉아 별별 얘기를
했습니다(한 쪽 벽에 걸려있는 빈티지 천―황무지
배경과 오아시스 한 줌이 수놓아져 있다). 그때
공간을 휘감는 익숙한 냄새 저와 닮은 듯한
무표정과 촌철 같은 말투 어디선가 본 듯한 강렬한
기시감에 사로잡혔습니다. 의사는 진료를 끝내며
행동장애 판정을 내렸습니다. 일종의
정신질환이라더군요. 어디선가 지독하게 연대했던
것만 같은 어디선가 가까이 붙어 살았던 것만 같은
흰 가운을 걸친 인간. 백색의 의사. 종이를 흔들며
돌아오는 길입니다. 폭설입니다. 눈 한 송이가
종이에 맞닿았습니다. 진단서 우측 밑에는 조그마한
문장이 쓰여 있습니다. 〈기록하지 않을 것.〉 이
문장이 꼭 당신의 것인 것만 같아 구슬퍼집니다.
흑백의 입김처럼 구슬피 당신에게 닿으려 했지만
구슬피 구슬피 흩어집니다. 날아갑니다. 그것이
어느 날의 온몸으로 몸짓했던 춤인 것만 같습니다.

13미터—

너만 모르는 너만의 힘.

다리가 후들거릴 때마다 검은 새 허공을 질주한다.

공사장. 발판. 어딘가 까무러치게 스산한 세계의 틈에서.

검은 새. 검은 새. 왜 검은 새일까.

파랑 새. 하얀 새는 죽음으로 떠났나.

눈을 감으면 검은색. 이불로 오두막을 지으면 검은색. 검은색. 멍. 너무 아파서 검은 멍.

발판이 흔들릴 때마다 너의 날개뼈 위로 날개를 그린다.

넌 날아올라. 1초 후에. 넌 날아올라. 0.5초 후에. 넌 날아올라. 넌 날아올라.

검은 새. 너 아닌 너도 모르는 너. 실패는 없다.

0.1초 후에 넌 날아오른다. 너 날아 날아 중심 잃고

공사장 한복판에 처박힌다. 목이 꺾이고 내가 그린 날개는 동강동강 끊어진다.

(네임펜으로 그릴 걸.)

허나 실패는 없다. 여기는 나의 로케이션. 너의 로케이션.

이름하여 49.

너는 살고 있다. 여기에서. 내 몸을 쓸어 본다. 이쪽저쪽에서.

위 아래 좌 우 앞 뒤. 너 너 너 너 너 너.

봄에 태어나 봄에 떠난 바보.

그때는 태극기 휘날리면 박동하는 심장을 느꼈지만

이제는 태극기 휘날리면 심심한 무너짐에 상실한다.

다 그래. 그땐 그땐 그땐.

가끔 난 이렇게 말해. 괜찮아 괜찮아 괜찮아.

꽃 피는 봄은 다시 오니까.

너 무궁무진. 무궁무진 피어나는 너. 차력쇼 육체쇼 같은 너.

나 공사장에 있다. 먼지 먹고 욕먹고 한기 먹고 침 뱉다.

오른쪽으로만 기우는 안전모. 오른쪽만 가려지는 눈.

지금은 겨울이고 다음 겨울에는 나 여기에 없다.

다짐하며 허공을 보다.

검 은 새 질 주 한 다.

나 너무 높아 그곳에 닿고 싶다.

널 끌어내리고 싶어. 넌 날 이끌어냈지만.

널 생각해. 아니야. 널 널 생각해. 아니야. 아니야.

너랑 말하고 싶어. 안 돼. 너 목소리 듣고 싶어. 안 돼. 안 돼? 안 돼.

나 너무 높아서 내려가고 싶다.

너 더 높아서 내려가면 안 될 것 같다.

안 돼. 닿고 싶어서

(복화술)

(나) · · · · ·

(너) · · · · ·

(나) · · · · ·

(너) · · · · ·

(나) · · · · ·

(너) · · · · ·

(나) · · · · ·

(너) · · · · ·

(나) · · · · ·

(너) · · · · ·

(나) · · · · ·

(너) · · · · ·

(나) · · · · ·

(너) · · · · ·

(나) · · · · ·

(너) · · · · ·

(너와 나) · · · · ·

(복화술)

오늘은 버틸 수 있을 것 같다.

힘. 힘. 힘.

너에게 나를 넣다.

내가 너 되는 세계. 너와 나의 로케이션.

하루는 어린 사슴의 눈망울. 하루는 촉촉한 에그타르트.

하루는 아름다움. 하루하루 49는 아리따움.

나 대사 던지면

너 맞아떨어지는 대사로 응답.

너(로케이션) 너(어디야?) 나(로케이션) 나(공사장).

궁전을 지어볼까?

너는 나의 스케치북에서 태어났다.

어느 한 손에는 빨간색이 들려 있었고

어느 한 손에는 파란색을 쥐고 있었다.

다 칠하고 나면 더 칠할 색이 없었다. 이 세계를 구축할 수 있는 건

흑백만이 태동하는 크레파스.

어느 날엔가 너는 어머니의 뱃속에서 살았고

어느 날엔가 너는 어머니와 함께 고투했었고

어느 날이 되어 넌 내가 그린 걸작.

내가 그린 날개뼈. 내가 그린 갈비뼈. 그리고 너의 올백머리 두상.

로케이션 스케치북. 내가 지은 궁전 벅벅 찢던 날.

그날 빡빡 머리를 밀었고

논산에서 차렷과 열중쉬어를 반복했으며

그들은 이걸 제식훈련이라 말했지만

난 참을 수 없는 온기로부터 패배한 것이다.

넌 너무 따듯했다. 넌 무궁무진 봄이었다. 넌
무진장. 무진장

너로부터 패배한 것이었다.

너도 알고 있을 것이다. 그때 몰랐더라도 세월
지나

서촌과 북촌을 거닐 때가 되어서야 알게 됐을
것이다.

나도 모르는 나였던 것이다.

벅벅 찢던 날.

뱅—뱅—뱅—

그날은 유독 세디 센 바람 부는 날이었다.

붕—붕—붕—

허공에서 허우적대는 새는 왜 까만색이었을까.

중심. 잃다. 추락. 공사장. 한복판. 너의 로케이션.

푹…… 퍽…… 푹…… 퍽……

들어가는 너. 넣어지는 너. 새까매진 너. 너.

이게 뭐람. 이제야 중심 잡고 공사장을 누빌 수
있게 됐는데……

무슨 염치없는 고독이었을꼬?

13미터에서 외치다—

미래를 한 장 두 장 넘기다 책상 서랍을 연다.
책상 서랍 닫는다. 관을 열고 관을 덮었을 때 안에
있던 사람의 피사체가 기억나질 않는다. 사십구재.
너 잘 갔니? 아니면 여기 있니? 너 있을 미래의
달력은 화장되지 않는다. 봄이었네. 기다렸어. 멀고
멀었던 봄을. 생일 축하해. 폭죽 발사. 펑. 터진 폭죽
뒤에는 잿빛 구름. 잿빛 구름 뒤에는 저 너머의
햇볕. 저 너머의 햇볕 뒤에는 검은색. 검은색 뒤에는
사십구재. 사십구재 끝나면 너. 너. 너 뒤로부터는
한순간에 사라졌다. 몽땅. 시 쓰기를 내던진 시인들.
〈로케이션 49〉 깃발을 흔드는 시위대. 신발장을
넘어서지 못하는 시네필. 방묘문이 장벽이 된
코리안쇼콧. 꿈을 꾼다. 언젠간 베를린 장벽. 죽어본
자들만이 아는 죽음이라는 냄새. 책상 서랍을 열면
피어나는 냄새. 봄? 봄. 죽음을 목도한 자만이 아는
냄새. 책상 서랍을 닫아도 배겨 있는 냄새. 봄. 분명
봄. 냄새도 볼 수 있음?

지저귐.
새소리는 줄어들고 안개와 흐릿한 기운만이
기웃기웃 발을 내민다. 효자동에서 하루를
시작한다. 검은 새 빈속에 부어 넣으며.

쉿.

검은 새 커진다

지저귐.

새기다.

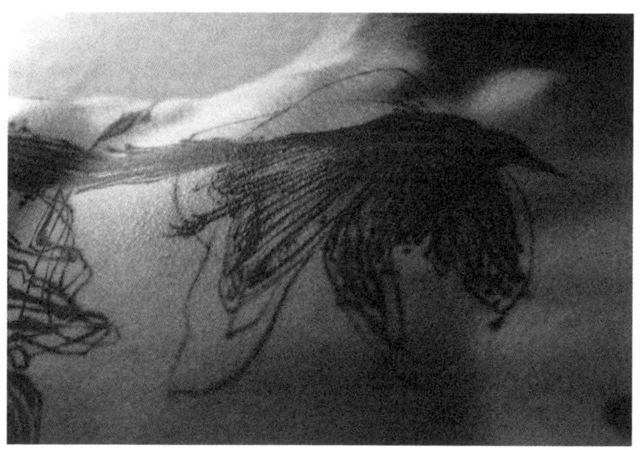

○ 검은 새. 왼쪽 가슴으로 날아가기. 날것. @가슴 중앙에서
오른쪽 가슴.

허기진다. 얇은 외투 한 벌 걸치다. 이왕 허기진 김에 청계천 돌다. 한 손은 수족냉증 한 손에는 너. 너의 손을 잡고 돌다. 너의 손바닥은 로케이션의 약도. 문지르면 눈앞으로 나타나다. 입체적 영상 펼쳐지다. 공상과학 도래하다. 난 놀라다 알게 된다. 점점 유행에 뒤처지다. 뒤처진다. 너 혹은 나 뒤처진다. 놓칠라 옷가지 잡다. 바람 분다. 쌀쌀맞다. 볼 얼얼하다. 귓가 간지럽다. 하루살이 다 죽었다. 앙상한 정원 헤매다. 나뭇가지 메마르다. 볕뉘 따사롭다(작은 틈을 통해 잠시 비치는 햇볕). 너 춥지. 난 추운데. 너 있으면 따듯해. 들어가고 싶다. 들어가고 싶다. 너의 손바닥을 잡고 돌아간다. 너의 손바닥은 로케이션의 약도. 문지르면 넌 간지럽다고 깔깔. 내 눈앞에는 창백하리만큼의 고요함이 길 따라 흘러간다. 흘러가기만 하다. 미래를 꿈꾸었나. 유행 따위 없어요. 어차피 돌고 도는 걸요. 넌 지그시 사라진다(작은 틈을 통해 영영 나가는 햇볕). 나 다 왔다. 청계천 지나 광화문 돌아 청와대 사랑채 다다랐다. 아이 둘 술래잡기하다. 아이 하나 쫓다 아이 하나 넘어지다. 아이 하나 넘어진 아이 하나에게 손 내밀다. 아이 하나 아이 하나의 손잡는다. 아이 하나 깔깔 하자 아이 하나

깔깔깔 하다. 나 더욱이 얼얼하다. 수족냉증 이제야
보온하다. 외투 한 벌 호기로웠다. 호기롭다가도
허기롭다.

♪ 「Dawn Chorus」, 톰 요크Thom Yorke.

4는 착했다. 착해서 나도 착한 사람이 될 수 있을 것 같았다. 그래서 헤어졌다. 난 4의 생각보다 죄질이 곱지 않은 사람이다. 4는 싱어송라이터였다. 혼자 작사하고 혼자 작곡하고 혼자 노래 불렀다. 나도 혼자서만 살았다. 그래서 헤어졌다. 4는 사양 같았다. 사양을 비유했다는 건 아름다움을 야기하는 것이다. 사양의 시간은 촌초를 다툰다. 사라진 자리에는 흔적조차 없다. 그래서 헤어졌다. 4는 벌을 내리는 사람이었다. 혼란스럽던 시대의 헌법재판소처럼 굴었다. 그래서 헤어졌다. 너와는 가장 오래 만났다. 오래 만나서 오래 헤어졌다. 4는 타투이스트였다. 4의 그림으로 등판에 문신을 새겼다. 황새 일곱 마리를 다 새기고 마지막 작업이던 날개털을 칠하던 날에 헤어졌다. 4와 함께 있으면 매사 아팠다. 4는 요리를 잘했다. 매운 음식을 좋아하는 4를 따라 지냈다. 난 매운 걸 먹지 못하지만. 헤어지자고 말하던 날에도 4는 매운 음식을 요리했다. 얼얼한 헤어짐이었다. 4는 모델이었다. 거리를 걸으면 모든 이들이 4를 뚫어지게 보곤 했다. 4는 시선을 즐겼다. 그래서 헤어졌다. 깨진 4의 이데올로기에 베일 자신이 없었다. 사이에 너는 라트비아에서 지냈다. 착했던

4도 노래를 만들던 4도 사양 같았던 4도 법을
중요시하던 4도 날개털을 칠하던 4도 얼얼했던 4도
유리 파편 같던 4도 너와 나의 공간을 질주하지
못했다. 너는 국가의 존망이 걸린 하루하루를
가로질러 돌아왔다. 라트비아의 겨울을 엽서에 그려
넣고 북유럽의 공기를 가죽 숄더백에 담은 채
광장을 걸어왔다. 너를 보고 있자니 사월에도 눈이
내릴 것만 같았다. 괜히 힘이 세진 것 같았다.

짓에는 이유가 있다. 이유 없는 짓은 없다. 가령 토정로에서 테크노가 들리지 않는다면 이것은 이유가 있는 것이다. 테크노 댄서가 어느 날부터 전람회 앨범을 반복 재생한다면 이 또한 이유가 있는 것이다. 아직 알지 못하는 이유도 있다. 하릴없이 알아가는 것이 이유다. 내가 하는 이 짓이 그런 셈이다.

짓—속상한짓슬픈짓오열하는짓쓰러지는짓시나브로시나브로하는짓쓰는짓주제넘는짓실패하는짓반려되는짓망할짓인정없는짓쪽팔린짓열등하는짓잠못이루는짓.

십이월 로케이션의 빛이 꺼졌다. 전구가 알알이 잠식했다. 스파크 튀는 짓은 모두 전소되었다. 이유를 물었다. 넌 이제 웃질 않아. 밖이 환해졌다. 그제야 넌 웃었다. 속삭였다. 사람들이 서랍장 안에 숨겨놓았던 빛을 그러모아 무궁화동산으로 집결했다. 주인집 아들내미는 교복을 벗지 않은 채 라이터로 불을 밝혔고 윗집 디자이너 선생님은 흰 수트를 입은 채 성냥을 켰다. 윗집의 옆집은 에스유브이를 몰고 나와 헤드라이트를 켰고 꼭대기에 사는 절름발이 소년은 과일 박스를 이고 나와서는 핸드폰 플래시를 켜고 복숭아를 비추었다.
튕겨 나가는 빛과 반사된 빛이 한데 모이자
무궁화동산이 털복숭아동산으로 변신했다. 털 한 땀
한 땀에 빛이 맺혔다. 바람이 우리를 흔들수록
별똥별처럼 나부끼는 광은 발칸의 밤하늘처럼
무성했다. 하지만 넌 세틀라이트를 생각했겠지.
별을 속인 이유에 대해 파고들면 아무렴 이 생은
기괴하니까. 그러니까 너 웃질 않은 이유를
모르겠어. 아무래도 불편하다. 굴뚝의 검은 새처럼
불편하다. 불편한 이유는 속삭이듯 늘어난다.

ㅇ ㅣ ; ㅇㅠㅇㅠ, ㅇㅜㅜㅜㅜㅜ —— — — —— —

—— — —— — —— — — —— ——— —— ——

——— — —— ——— —— —— — ——

—— satellite — —— —— —— sate

llite —— — —— —— —— — ——

—— — —— — — —— —— — satellit

e —— — — — —— — —— — —

—— — —— — —— —— — —— satell

ite— — — —— — —— —— — —— ——

—— — —— —— —— — —— ——

—— —— satellite — —— — — ——

— —— —— —— — —— —— ——

— —— satellite —— — — — ——

—— —— —— — —— ——— — ——

—— — —— —— — —— satellite ——

— — — — — —— —— — —— — ——— —— ——— ———

— ——— satellite —— —————— —

——————————— —— ———— —— ——— —

———— — —— — — ——— ——— satellite

— — ——— — —— — satellite— ——

————————— —— — —— — —— ———

——— —— —— ——— —— — —— ——— —— — —

——— satellite—— ——— ——— — ——

— —— — ——— —— — — —— satel

lite ——— ——— ——— —— — —— —

——— satellite —— —— — —— —— —

——————— —— — —— —— — —— — —

———— ——— — —— —— — —— —satel

lite — ——— —— —— — ——— —— — —

—— — ——— —satellite—— —— ——— —

—— —— ——— —— —— ——————— satellite

— —— ——— —— —— — ——— —— —— —

—— ——satellite— —— ———————————

—— ——— — —— — ——— —— — —— —

——별———별—— — —별——— ——— sa

tellite ——별 ———————별 —

——별—————별———별——별— sate

llite —— ——별————— —별——별—— 별—

——별——— 별——— — ——별——— 별——

별—satellite —— 별————별— — —

——별—**별**—— 별— ——— ——**별**——별— s a t e

l l i t e —— 별———**별**——— 별 —

——별—별———별—— 별——— 별— — —**별**—

—별 ——**별**——— —**별**——별——별———별—

—**별** ——별——— —별——별— ——별——별

——별 ———별———— 별—— ——별

——**별**—— **별**——— 별— —별—— 별

—**별**— ——별——— 별——— —별 ——**별**

별— —별—— —별——— —별—별——**별**

——별———별———**별**—**별**—**별**—별—별—별—

—**별**———별—— 별— —별—— —— —별——

—**별**—**별**—**별**—**별**—**별**——— 별———

별—별———별—— 별——— 별— — —**별**——별

— — — **별** — ——— — 별

——별—별—별—별———별—— 별——— 별—

— —**별** ——별 ——— **별** ————

—**별**——별——별———별— —**별** ——별———

——별———별— **별**—**별**—**별**—**별**—**별**——별——

별—별———별— —**별**—별—— 별——**별**—

——별 ———별—별———별—— 별——— 별—

— —**별**— —별 ——**별**———

—**별**——별——별———별— —**별**——별———

—별———별— ——별——별—— 별 ——별

———별———별—— —별—— ——**별**

별——— 별— ——별——— 별———**별**—

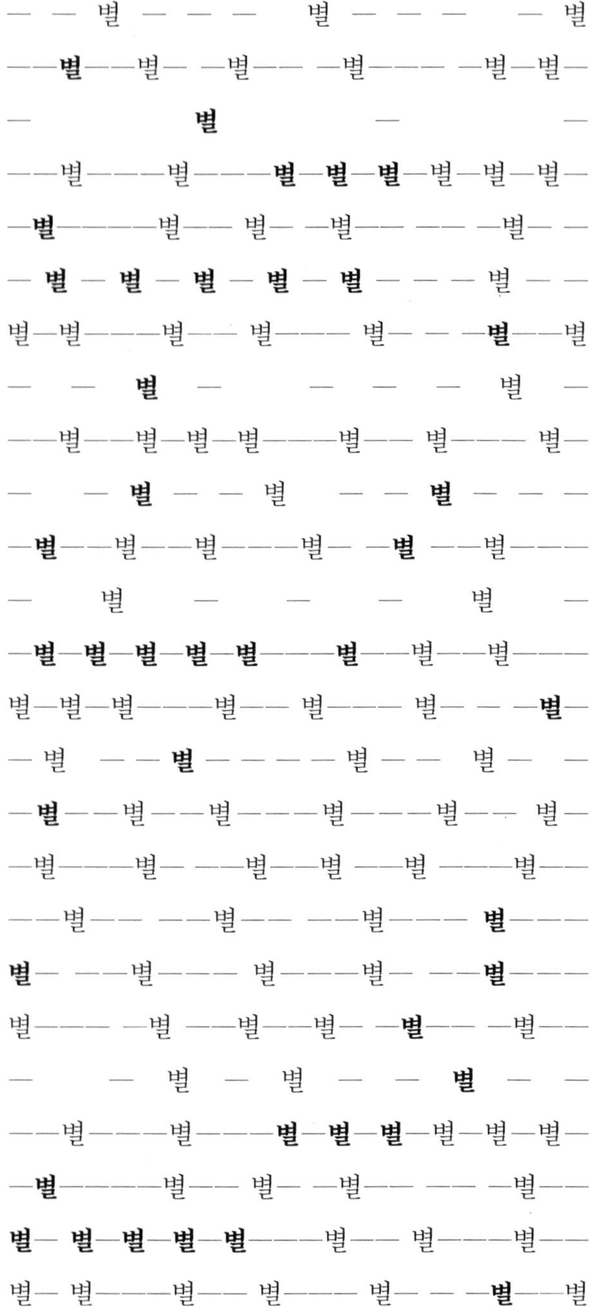

— — **별** — — — — — — 별 — —
——별——별—별—별———별—— 별— —별—
별— —별—— —**별—별—별—별—별—별**

　추위가 사그라들지 않는 이유 꽃이 늦게 피는
이유 늦게 피는 꽃이 살아야 하는 이유 겨우 핀
꽃이 죽는 이유 불빛이 소실되는 이유:
ㅇㅣㅇㅣㅇㅣㅇㅣㅇㅠㅇㅠㅇㅠㅇㅠ유 길 길 길
빛 빛 빛 불 불 불 불길이 길 따라가는 이유. 너를
지었다. 너는 나의 로케이션. 너와 나의 로케이션.
로케이션 49. 허상: 이유 있음. 허구: 이유 있음.
이유: 있음. 어두워야 불빛길 있음.

　짐 자무쉬의 「천국보다 낯선」 절찬리 상영. 리버
피닉스의 일곱 마리 철새 그 마지막 깃털 「허공에의
질주」 마지막 상영. 「로케이션 49」 사계절
시네마에서 영원 상영.

　빗물이 말라가고 있다. 웅덩이는 저 끝에서 여기
끝까지 알알이 고여 있다. 처음 보는 소년과
가위바위보를 했다. 난 하나 빼기를 몹시 잘해. 단
한 번도 져본 적 없지. 소년이 왼쪽 아랫입술을
깨물고 놓지 않았다. 소년과 가위바위보 하나
빼기를 했다. 난 단 한 번도 져본 적 없기에
자신만만했다. 하지만 소년의 아랫입술을 보고
있자니 이상하리만치 혼란스러웠다. 가위바위보.
하나 빼기. …… 졌다. 소년에게 최초의 기록을
넘겨주었다. 나도 따라 왼쪽 아랫입술을 깨물었다.
초초분분 빗물이 말라가고 있다. 소년과 나의
입술은 일출의 수평선처럼 새빨갛게 탈색하고
있었다. 넌 꿈이 뭐니. 우주비행사요. 소년의 꿈은
우주비행사. 다시 해보자. 가위바위보. 하나 빼기.
이후부터 소년에게 내리 지기만 했다. 기쁜 소년은
내 주위로 동그란 선을 이어 힘차게 뛰어다녔다.
끊어지지 않는 로케이션이었다. 만세 만세 두 팔을
들고 소리치면서. 소년의 꿈은 우주비행사. 저
한옥의 대들보부터 여기 콘크리트 벽까지 하늘에
떠있는 달이야. 너의 발자국을 남겨야 해. 처음 보는
소년은 뒤도 돌아보지 않고 뛰었다. 삶의 격차를
무시하듯이. 넌 꼭 우주비행사가 돼야 해. 그래야만

해. 허나 우주를 비행하지 않아도 하늘을 볼 수
있고 그 속에서 지낼 수도 있어. 너 밟고 있는 땅
어디서나 날아가듯 살아갈 수는 있다. 그래도
괜찮겠냐마는. 만약 소년이 일기장을 쌓아놓는다면
오늘 처음 본 사내를 기록하지 않았으면 한다.
미상이 되었으면 한다. 난 처음 소년의 뒷모습을
마지막까지 도수에 넣으며 발자국을 살피겠지만.
빗물은 마르겠고 웅덩이는 수평이 아니게
되겠지만서도.

♪ 「Richter: On the Nature of Daylight」, 막스 리히터Max
Richter.

광장 414명의 작가들. 그리고
밀실에서의 415번째 X.

좆이나 까잡수쇼.

X   미상

　난 상상하지. 끊임없이 상상을 하지. 매몰차게 상상을 하지. 모든 음성을 거절하는 상상을 하지. 난 나에게 비협조적인 상상을 하지. 전연 협조할 생각 없지. 난 나와 절연하는 상상을 하지. 너무 사랑해서 폭력적일 때가 있지. 힘껏 포옹하면 먹고 싶어질 때가 있지. 뼈까지 발라내서 피가 되고 살이 되고 싶어질 때가 있지. 그러므로 내가 대문짝만 한 백지에서 도망할 때마다 나는 개미의 몸통으로 흑색을 찍어놓지. 상상을 반복하지. 상상을 늘어뜨리지. 큰 숲을 그려놓지. 숲속에는 사람의 몸통보다 넓은 나무만 살지. 상상의 시간을 버티지 못한 나무는 한 그루 한 그루씩 쓰러지고 그 한 컷 한 컷에 가슴 졸이며 침묵이라는 단어를 서브타이틀로 넣어놓지. 적어도 나는 보았고 읽었고 들은 것만 같은 믿음으로부터. 그곳에서 남은 생에 대해 대화하고 연대하고 도모하지. 끊임없는 상상을 하지. 계동에서 마주했던 이들을 상상하지. 초여름의 야장과 늦여름의 야장을 상상하지. 입술의 흔적이 지워지지 않은 와인 잔과 건들대며 테이블 사이를 활보하는 직원과 혼잣말인 듯 아닌 듯 투덜대는 막내와 아무런 문제도 없다는 듯 방관하는 사장을 상상하지. 위태로운 상상이지.

하나하나 짚고 한 명 한 명 지명하면서 내 상상을
지키지. 이름을 부른 뒤에는 영화가 끝난
시네마처럼 적막만이 남지. 초여름과 늦여름이 이
겨울보다 표독스러웠던 것만 같지. 이 계절 가장
깊고 어두운 밤 구덩이에 빠진 야장이었지.
뜨거웠던 여름밤이 발바닥 아래에서 냉기 섞인
잠꼬대로 말을 걸지.「본즈 앤 올」봤어? 상상을
하지. 알몸으로 천장 아래에 앉는 상상과 알몸으로
땅 위를 딛는 상상을 하지. 유럽의 서머타임과
아스팔트의 아지랑이가 발목을 타고 기어오르지.
곧장 짓밟고 싶다는 상상을 하지. 머리 꼭대기
천사의 링처럼 도는 집착이 관자놀이를 조여오지.
일개 테크노 전사처럼 머리를 세차게 흔들며
떨쳐내는 상상을 하지. 끝끝내 상상하지. 나는
살아있구나. 여직 살아있어. 상상 속에서
일구어나가는 삶을 느끼며 눕는 상상을 하지.
동시에 가위눌림처럼 권태에 휩싸이지.
가위바위보를 하는 상상하지. 이번에는 이겨야지.
이겨야 하는데 우주비행사로 보이는 한 사내가
공중에 떠서는 날 내려다보지. 양손에 주먹을
쥐고서는. 아. 이겨야 하는데. 오늘은 꼭 이겨야
하는데. 다정한 심성은 못돼서 나도 따라 양손에
주먹을 쥐고는. 가위바위보. 하나 빼기. 이런 상상을
하지. 상상을 하고 상상을 하고 상상을 하다보면
상상 속에도 소음이 있다는 걸 알게 되지. 어디론가

귀를 기울이지. 순식간에 공사장의 인부가 되는
상상을 하지. 고공에서 붙이던 배수판을 상상하지.
비계의 끄트머리에 섰을 때 파도풀처럼 흔들리던
번민의 시간을 상상하지. 곧장 끄트머리는
낭떠러지였다고 정정하지. 밑을 내려보다 추락하는
상상을 하지. 공사장 바닥에 육신이 맞닿았을 때
사상 하나를 꺼내 음독하지. 역시나 밀어 넣는 힘이
중요하다. 이 또한 상상이지. 상상일 뿐이지.
일렬횡대로 서있는 인물들. 여기는 어떤 상상 속의
세계인가. 조르주 바타유가 서 있지. 이어 줄리아
크리스테바. 이상. 니코스 카잔차키스. 최인훈. 테드
창. 올가 토카르추크. 여기가 진정 흑백의 세계인가.
그저 상상일 뿐이지. 무엇이? 인력난에
허우적거리는 국가. 프롤레타리아가 터를 이룬
현장. 이건 상상일 뿐인데. 상상 속에서 내가 할 수
있는 건 하릴없이 상상을 덧칠하는 것인가. 그러나
겨우내 피어난 민들레 한 송이를 보았고. 넌 그걸
보고 있었고 나는 한 시대의 광경을 안경알에
담았지. 분명 현실이었지. 살아내고 버텨내니 우린
로케이션의 한 장면이 되었지. 우리가 가장 오랜
시간 동안 컷을 자르고 붙이던 로케이션. 그곳에는
오렌지색 쿠션이 있고. 삐걱대는 싸구려 의자가
있고. 원목 책상 위에는 정리되지 않은 서적과 전시
팸플릿. 밀린 가스와 전기 고지서가 흩트려져 있고.
서유럽과 동유럽을 떠돌던 흔적들이 벽지와

지면에서 살아 숨 쉬고. 오랜 시간의 연기를 먹은
재떨이와 흑갈색으로 변질된 담배꽁초가 있지.
그리고 머리맡에서 진동하는 너의 편지 한 장이
있지. 이건 상상이 아니지. 고로 상상이 아니게
되었지.

　왼쪽에 심장이 있듯이 오른쪽에도 심장이 있다.
너 없는 삶의 반은 박동의 의미가 없다. 예술이
무엇이냐에 대한 질문은 지속 가능하지 않다. 예술.
오늘이라는 세계를 살았던 것.

퍼포머의 날.

너와 나는 벌어질 대로 벌어진 상처. 멀어질 대로 멀어진 껌딱지.

멀어졌나. 아득히도 멀어졌지. 지키고 싶었어. 지키고 싶었을 뿐. 사랑 같은 것을.

언젠가 너와 나 반지하로 내려가 보일러를 켜고 소파에 걸터앉아 담배를 나눠 물며 쌓아놓은 책을 열고 덮고 열고 덮고……

팔베개를 하면 너는 죽은 것처럼 묻혀 있다. 사랑 같은 것. 사랑 같은 것이 흠뻑 젖도록 키스를 퍼붓는 것. 이퀄일까. 나 말할 게 있다. 정말 말해도 될까?

너와 나는 벌어진 상처와 같고 멀어질 대로 멀어진 껌딱지가 되었다. 난 난 닥치고. 난 난 그저 지키고 싶은 게 있었을 뿐. 지키고 싶었기에 상처 줬고 멀어졌고 아득해진 것이다.

너네들도 사랑 같은 거 빼면 젬병이잖아.

ㅂㅅㅂㅅㅂㅅㅂㅅㅂㅅㅂㅅㅂㅅㅂㅅㅂㅅㅂㅅ

ㅕㅣㅕㅣㅕㅣㅕㅣㅕㅣㅕㅣㅕㅣㅕㅣㅕㅣㅕㅣㅕㅣ
ㅇㄴㅇㄴㅇㄴㅇㄴㅇㄴㅇㄴㅇㄴㅇㄴㅇㄴㅇㄴㅇㄴ
ㅂㅅㅂㅅㅂㅅㅂㅅㅂㅅㅂㅅㅂㅅㅂㅅㅂㅅㅂㅅ
ㅕㅣㅕㅣㅕㅣㅕㅣㅕㅣㅕㅣㅕㅣㅕㅣㅕㅣㅕㅣㅕㅣ
ㅇㄴㅇㄴㅇㄴㅇㄴㅇㄴㅇㄴㅇㄴㅇㄴㅇㄴㅇㄴㅇㄴ
ㅂㅅㅂㅅㅂㅅㅂㅅㅂㅅㅂㅅㅂㅅㅂㅅㅂㅅㅂㅅ
ㅕㅣㅕㅣㅕㅣㅕㅣㅕㅣㅕㅣㅕㅣㅕㅣㅕㅣㅕㅣㅕㅣ
ㅇㄴㅇㄴㅇㄴㅇㄴㅇㄴㅇㄴㅇㄴㅇㄴㅇㄴㅇㄴㅇㄴ

퍼포머의 날. 을지로 5가 도착. 잡철물 매대를
지나 공연 장소인 5층 건물 앞에 당도한다. 양복을
입고 명찰을 찬 관계자들. 4층으로 올라가 대기.
너와의 만남. 가벼운 인사. 우리는 웃음을 건네며
넘실대는 주름을 목도한다. 물결. (다뉴브 강) 물결.
(이자르 강) 물결. (센 강) 물결. 청계천의 물결.
늙어가는 너와 나. 쭈그려 흐르는 강에 대고
음성녹음.

공연 시작. 피아노 연주. 화가의 라이브 페인팅.
퍼포머의 광기 어린 춤. 그것은 테크노. 공연이
과열될 찰나 불청객 등장. 양복쟁이. H 은행
관계자들. 목걸이에 적혀진 직급. 정치의 얼굴들.
쏟아지는 발소리. 부스럭부스럭 빨강 파랑 넥타이.
뻔뻔한 목청들. 아…… 이 구간에서 박수 치는 거
아닌데…… 아…… 여기서 호응하는 거 아닌데……

진정한 구토.

(공연 잘 봤어
다음 공연 때 봐
그리고 양복쟁이들 존나 싫어
염병할 새끼들)
급류처럼 빠져나온다.

빌어먹을 정치. 빌어먹을 인사들. 빌어먹을
인간들. 메스꺼운 악취를 매달고 흑백의
로케이션으로.

개찰구 앞에서. 인간의 악과 선이 4악장으로
구분되어 있다면?
1) 만남
2) 사랑
3) 이별
4) 죽음
이 중에 구별할 수 있는 악과 선은?
흠 흠 흠―허어연 입김.
개찰구로 빨려 들어간다.
행인들에게 치이는 순간
현실로 돌아온다.

유랑하는 숨들. 세계의 그림자. 밤에 떠있는 달.

가린다. 개기월식. 지나가던 행인들. 고개를 치켜들고. 이끌려. 나도 따라 치켜든다. 밤 밤 밤. 오늘 하루는 어땠나요? 그 끝에는 끝없는 굴레가 기다리고 있다. 굴레. 끝없는 굴레에서는 누가 나를 기다리고 있을까. 마중 같은 건 바라지도 않아. 그저 쓰러질 때만 닿아줘. 난 믿어. 그럼 넌? 아무도 없는데. 아무도 없었는데. 추락한다. 난다. 뛰어든다. 사랑한다. 오늘 하루는 어땠나. 예술이었지. 그저 떠있는 달이 되고 싶어.

부록°

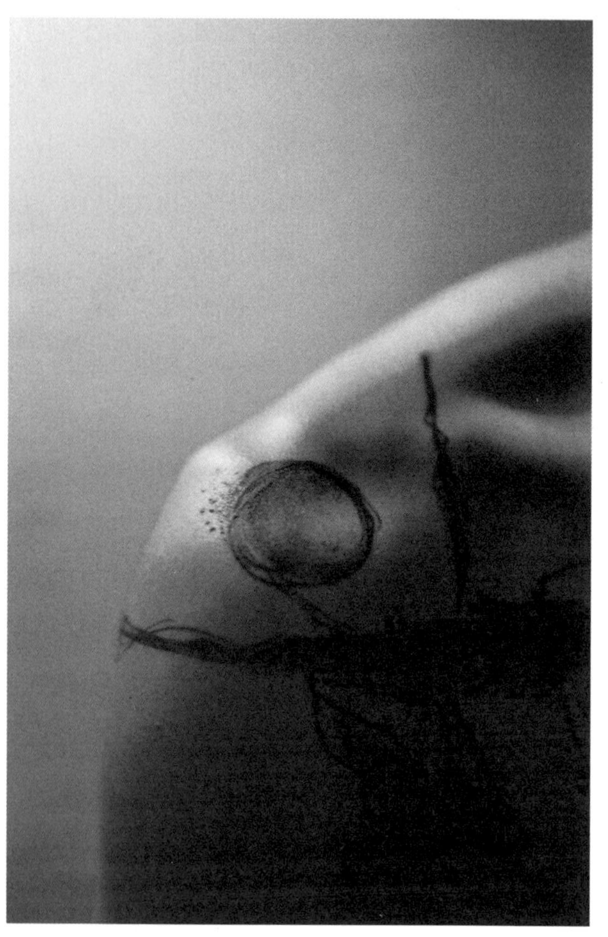

° 달. 그저 떠 있는. @오른쪽 어깨.

나 하나 살자고 시 쓰고. 너 하나 살자고
연기했다. 그 판이 그 판이니까. 우린 말이 너무
많아. 사랑 따위 그라운드. 사랑에서 휘슬 불고
사랑에서 뜀박질. 사랑에서 주저앉고 일어서고.
사랑에서 슈팅하고 비껴가고 머리칼 움켜쥐고.
사랑에서 패배한 기억에 밤잠 설치고 묘비에
오늘의 설욕을 빽빽이 새겨놓고. 사랑에서 반칙하고
누적되고 퇴장하고. 명심해 단 한 번의 퇴장은
금물이야. 다음 사랑에서 만나면 사랑해 본 사람
되어 있고. 사랑해서 악수하고 사랑해서
부둥켜안고. 우린 말이 많아서 은퇴를 넌지시
내다보며 말하지. 넌 너의 무대를 사랑해. 난 나의
백지를 사랑하고. 나 하나 살고 너 하나 살자고
하는 판이니까. 그러니까 내 말도 너에게 있어 너의
말도 나에게 있고. 그 판이 그 판이니까. 자주 나의
홈그라운드를 밟아줘.

♪ 「Time Will Tell」, 블러드 오렌지Blood Orange.

이어 해는 벌써 중천. 다시 쓴다. 처음부터. 바닥으로까지. 정오가 되어서야 삼키는 오른쪽 왼쪽에서 흔들리는 눈물. 너 드디어 웃다. 흔적 찾았다.

낮술은 취하기에 좋다. 알딸딸. 사람들은 낮에도 밤에도 알딸딸. 광장의 군중들은 XXX. 너 드디어 웃다. 돌아선다. 웃다 만다. 귀로에서. 사무쳐 산다. 사무쳐도 산다. 사무쳐도 살아진다.

은둔을 향하여—
옥인동. 대로변의 바에서 나와 가볍게 산책. 연약해진 나는 어질어질한 사고에서 너와의 호흡을 이어간다. 나는 이제 너를 뭐라고 불러야 할까. 죽음? 겨울꽃? 환생? 빠앙! 신호 잘 보고 다녀! 죄송합니다. 그냥 너라고 불러야겠다. 이게 가장 잘 어울리니까. 오늘의 산책로에 대해 너는 묻는다. 나는 뜸 따위 들이지 않고 어제는 얼마나 오랜 시간을 걸었는지에 대해 곱씹는다. 발길 닿는 곳으로 발길 닿아야 하는 곳으로 가지 않겠어? 답했을 것이다. 허상 속에서. 걸어도 걸어도 멈추고 멈추어 보아도 출현하는 너에게.

여름의 잔재―아스팔트의 아지랑이처럼 슬픈
훌라춤을 춘다. 훌라훌라 흘ㄹ흘ㄹ. 튀어 오르는
기억의 조각. 하루 더 살자고 훌라 춤추는 꼴.
어긋나는 작용들이 균열이 일어난 유리문처럼
흐드러지다. 부딪치면 알량해지고 깨지면
옹졸해진다.

너 없는 침대. 너 없어 빈 등. 무얼로 채워야 하나.
한 방향으로 떠났다 한 방향으로 돌아온 철새
무리로 빈 곳을 두르고. 죽을 것같이 공허해
뒹굴뒹굴. 정신도 뒹구루르르르르. 산책의 묘미는
어디로 갔는가. 짓눌린 볼살 떡진 뒤통수
하루아침에 일그러지다. 정신 차려! 이 XXX야!
괜찮아. 난 취하지 않았다. 지금은 너와의 산책길.
은둔이라는 목적의식이 희미하다. 미몽처럼
비몽사몽…… 이리 몽롱할 거면 너의 꿈으로
들어가 그림자라도 볼 것을. 턱! 도보에 튀어나온
돌부리에 걸리다. 약간의 혼동 약간의 잡음 약간의
깸. 엄습하는 공포. 위험하다. 나 나를 위험해하다.
바로잡으려 애쓰다. 애. 애정 애는 개나 줘버려.
슬플 애만 살아남았지. 애 지다. 너 이제 아득하다.
너 아마 까마득하다. 너 마주하고 싶다. 은둔의
신이여…… 촌초만이라도 볼 수 있도록…… 허나
은둔의 신은 허락하지 않겠지. 나 은둔을 향하여

가는 길 한 발짝 겨우 내디뎠으니. 무일푼 새벽.
회귀하는 달. 한낮에 떠있는 달이 되고 싶어 벌이는
잠꼬대. 한낮에 떠있는 달 백스테이지에서.
오키나와 생맥주 두 잔. 마티니 한 잔. 마가리타 한
잔. 집으로 돌아와 아사히 맥주 한 캔. 나는 취했다.
취했나? 만취한 것 같지는 않은데. 넌 내게 말했지
애주가. 난 말하지 지독한 알코올중독. 후—우—술
냄새. 다시 너의 호흡으로.

　혼자 걷던 산책길. 혼자 들어가는 현관문. 잘
지내나 사양 같았던 4. 흔적조차 없이 사라진 4도
어디선가 홀로 떠있다 저물며 살아내고 있겠노라.
울음울음 내렸던 타키비 베이커리Takibi Bakery의
오스트레일리안 크리스마스 티. 울음울음 우려지다.
술 깨기 위해? 아니. 주방 서랍장 속에 박혀 있던
티를 꺼냈을 뿐. 비싸기만 한 앤티크 머그컵 속에서
연한 적색 퍼져가다. (적색이 퍼져나가던 어느 날은
안국이었고 청색이 퍼져나가던 어느 날은
광화문이었다. 어느 날과 어느 날의 연속이었던
일상이 반으로 잘라진 건 한겨울 외로움의 극치에서
밀려나온 면도날 때문이었을까 열린송현공원을
지나며 한낮에 떠있는 달이 되고 싶다고 빌었다
밀실에서의 나는 한참이나 열병을 달고 지냈다.)
거미줄처럼 퍼져가는 수면 속 그림. 그 위로 내
얼굴이 비친다. 생기 없는 표정. 눈 눈썹 코 코털 입

설유두 토막 난 듯하다. 서서히 검붉은색으로
변모해간다. 변태한 것들 또한 변하다. 변태하지
않았던 유아의 오금에 침잠하며 꺼칠한 날갯죽지만
훑다. 우려진 티 짙어진다. 생기 돌아 입맛 다시다
거무룩 튀어나온 수염에 밤 깊어지다. 맨살 덮는
콧수염 턱수염 짙어지자 삐뚤빼뚤 혀 내밀다. 복용
중―미녹시딜0.25*360T. 털 돋아나다. 감각
돋아나다. 빠지고 빈 구멍에 돋아나다. 한 모금
넘긴다. 히비스커스와 드라이 망고 블렌딩. 산미.
얼어 죽어도 산미. 커피도 산미. 와인도 산미.
후―후 불어 마셔 뜨거워. 체모 끄트머리에서 너
돋아나다. 석양이 내린다. 후―후 석양이 뜨거워.
한겨울이다. 거리를 구르는 사물은 냉랭하다. 한 겹
두 겹 세 겹째 껴입은 사복. 한 입 두 입 세 입에
가벼워진 앤티크 머그컵. 오묘한 적색 사라지고
바닥 드러나다. 침전물 낱낱이 들키다. 창밖의 달
떠오르다. 알몸 드러나다. 감긴 눈 위로 로케이션
떠다니다. 검은 새 날갯짓 한 번에 건축물 흔들리다.
감긴 눈 깊숙이 너와 나의 세계 무너지다. 창밖의
일출 떠오르다. 알몸 드러나다. 너 떠오르다.
북향이다.

　　너와 나는 북향에 살았다. 너와 나 동시에 업혀
지냈다. 등을 교환했다. 등가교환은 늘 아팠다.
고꾸라지고 넘어지고 쓰러지고. 다치면서 자랐다.

자라다가 멈춘 건 너무 다쳐서이기도 하다. 시멘트 옮기다 다치고 방수하고 마무리하다 다쳤다. 부시다 다치고 자르다 다치고 붙이다 다쳤다. 너와 나는 돼지목살김치찌개를 앞에 두고 다친 이야기만 했다. 너무 다쳐서 모든 것이 식었다. 나는 국물만 마셨고 너는 돼지목살과 김치만 먹었다. 언젠가 타키비 베이커리Takibi Bakery의 오스트레일리안 크리스마스 티를 후—후 불어 삼키면서 울었던 것 같다. 그래서 울음울음. 언제 적인지 내 표정은 음울음울. 써보니 괜찮은 소리 같다. 너와 나는 북향에 살았다. 침침하고 서늘한 은둔처. 너의 꿈결은 곰팡이 낀 벽지 같았다. 썩은 꽃밭에서만 뒹굴었다. 난 회전하는 날벌레. 꼭 사람 발길 닿는 곳에만 떨어졌다. 북향이었다. 한겨울 찬바람 부는 계절의 밤. 떨고 있는 너와 나를 내려다보는 높게 떠있는 달. 들썩이는 창문은 검은 방수포를 뒤덮고 온 미망인의 두드림. 북향이었다. 전화는 삼분마다 끊겼고 육분에 한 번씩은 통신오류를 속삭였다. 너와 나의 은어: 삐빅—통신오류! 통신오류! 은둔이 길어질수록 서랍함은 젖은 나무냄새로 짙어졌다. 향. 북향. 곰팡이와 날벌레를 낀 채 레미마틴 꼬냑을 들이붓던 밤. 연결이 되지 않아 음성사서함으로 연결되며 삐 소리 후 통화료가 부과됩니다 삐—

겨울의 잔재―주먹질에 바스러진 나무껍질.
부러지거나 파렴치한 나뭇가지. 앙상한 목뼈.
분홍색 초록색의 목줄. 개들의 장난스러운 전희.
앞통수에서 입김. 뒤통수에서 결별. 엇갈리는
그림자. 검은 사람. 잘려나가는 밑동. 운명을 믿니?
그럼 살아. 질긴 인연의 나이테.

산책로 플레이팅 하다. 헤어지는 밤. 만년필.
지방(紙榜). 라이터. 만년 노 젓다. 상여. 타다.
잿더미. 소낙비 내리다. 검다. 바람 불다. 타고. 너
가다. 너 가고 밥상머리 끄트머리에 걸터앉아
숟가락 들었다 놓았다 젓가락 들었다 놓았다 하다.
너 숟가락 서 있고 너 젓가락 누워 있다. 너와 나
음미하다. 음―음―미하다. 올해도 젖다. 딱 붙어
떼기까지 달력 숫자에 그린 동그라미 너머의 초를
세다. 물풀 같은 눈물. 봄에는 꽃가루 알레르기.
여름에는 아포크린 악취. 가을에는 무색무취
불안증. 다다를수록 아득해지는 겨울. 오랫동안
전해지는 밥상.

너

국수 술잔 송편 시접 술잔 송편 편

육전 육적 소적 어적 어전

촛대 육탕 소탕 어탕 촛대

포 삼색나물 간장 침채 식혜

대추 밤 배 곶감 사과 강정

향

91

그 시절. 나 동굴 만들어 살고 있었다. 너
느닷없이 꿈에 나타나 말했다. 이제 그만 나오라고
동굴에서 나오라고. 썩은 꽃밭이었다. 나 말했다.
불러주는 너 없는데 어찌 나가겠니 동굴 두고 갈 수
없지 않겠니. (나도 나가고 싶어 그러니까 봄이 오면
나가볼게 알레르기 따위 종일 시큰할 뿐이지 꼭
나가볼게 너 내 등에 태워 꼭 나가볼게) 너 살아
마지막 꿈결.

Cut 1—25

혹백과 함께 도래한 정적. 광장에서도 느낄 수
있는 밀실의 숨소리. 「로케이션 49」 엔딩 크레딧
OST. 반주 중—난 항상 여기서 울어. 여기서 오열.
넌 터지지 않고 싶었겠지. 꾹꾹 누르고 싶었겠지.
터질 것은 터진다. 터지지. 꾹꾹 눌러쓴 편지도
그러했겠지. 그러므로 읽으면서 팡팡 터졌던 거지.
가득 차서 고로 존재해서 떠올라서 부풀어서
팽창해서 터져서 끝내 닿길 바라서. 땅끝마을에서의
폭죽. 다우가바 강의 물보라. 중립국에서 잃어버린
신발. 뒤섞인 기억의 파편을 그러모아 편지봉투에
넣었지. 종이는 종이대로 서너 번 접었지. 겨우 손이
닿을 뻠이지. 시취(詩趣) 오지 않은 날이었지.
시취(屍臭) 나지 않은 날이었지. 낙이 되겠지. 낙원
되겠지. 그러므로 지었지 너와 나의 로케이션.
이어지고 돌고 돌며 스치고 닿고 떠나는 OST.
사십구재.

♪ 「Pray for me」, 솔트SAULT.

부록

전문—

    로케이션 49는 장엄한 연극을 목도하듯 그가 무대에 도취되었다는 환상을 준다. 이 공간은 루카 구아다니노의 미장센과 궤를 같이한다. 한 발짝 나아갈 때마다 치열하게 뒤바뀌는 인간의 심리를 통해 이 시대의 민낯을 고발하고자 전력으로 춤춘다. 정체성의 경계를 허물며 특수성으로 전복하는, 절망을 애도하면서도 동시에 들끓는 광기를 표현해낸다. 자신의 태도를 완고히 일관하는 행위에는 망설임이 없다. 영감을 일으키는 안면과 복합적으로 열거되는 몸짓은 하나의 감정선으로 통일하여 낭떠러지로 이끌고 나간다. 추락 그 밑바닥에는 우리가 꿈꾸는 낙원이 존재할까. 그는 닿을 수 있다는 믿음 하나로 떨어진다. 닿기는 내면을 관통하고 쓰러지는 나무와 함께 숲을 뒤흔들고 마지막까지 정지하지 않는다. 낭만을 잊지 않기 위해, 동화 같은 삶을 꿈꾸기에. 망각으로부터 투쟁하는 그의 영혼을 이곳에서 마주할 수 있을 것이다.

언젠가 우리 낭떠러지에 닿겠지만.

주연: 너. 나.

부록

영화 전문 매거진 『DOSI』, 봄호, 44p, 발췌—
우리는 태곳적부터 배우였다. 인력과 척력의
힘으로 인하여 사람들은 「로케이션 49」의 세계로
입장했다. 긴 러닝타임 끝에 다다를 때까지
자신들도 모른 채 영화를 탐닉하고 입각하는
자세를 갖춘다. 관객은 차례차례 넘어가는 엔딩
크레딧이 눈앞에서 사라질 때까지 자신이
배우였다는 걸 깨닫는다. 어쩌면 스크린 속의
세계가 자신이 살아온 삶이었을지도 모른다는
기시감과 함께. 이 영화를 짧게 소개하자면
완성되지 않은 영화, 미완의 영화라고 할 수 있다.
완성을 야기하는 건 무의미하다. 이미 한 장면 한
장면으로 관객의 세계를 미학으로 채워주었으니.
「로케이션 49」는 행위의 발설, 각각의 컷으로부터
부재와 존재의 사유를 탐구한다. 배우들의 심연, 즉
우리의 속내를 찌르고 들춰내며 소통을
일구어나간다. 그것은 공백이자 침묵이며 혹은
활화산 같은 배설이다. 이 영화의 본질은 음악과
춤이다. 격렬하면서도 잔잔하고 롱테이크로 이어
가면서도 매섭게 절단하는 형식이다. 마치 우리가
살아내는 생처럼. 언어적 몸짓의 배설로 이루어진
시퀀스를 적지 않게 보여주면서 인간으로서 할 수

있는 최선의 시도가 무엇인지를 결부시킨다.
그러므로 자아에의 충돌 애정 저항을 춤으로
승화시킨다. 서정의 뒷모습을 향해 손을 내미는
데카당. 한 컷 한 컷에 우리가 잃어버린 흔적을
담아 시네마를 채우고 있는 「로케이션 49」. 제목을
천천히 묵독해 보자. 도통 이해관계를 이루지
못하는 제목이다. 허나 이해하기부터 시작되는
소량의 이해만으로도 예술이라 할 수 있다. 이유를
뒤로 미뤄두면서도 이유를 납득시키려는 태도부터
눈물 난다. 마치 꺼낼 수도 없이 오래된 과오를
세월 지나 애틋하게 만난 것처럼. 〈니(너)〉는 매
순간 낭떠러지를 향해 추락한다. 향하다…… 무엇을
위해 낭떠러지라는 이정표를 세웠을까. 질문한다.
고로 너와 내가 되기 시작한다. 광장과도 같은
밀실에 빠져드는 자신을 마주하는 순간이 온다.
그때야 비로소 자신을 의심하게 된다. 멜랑콜리는
아가페를 의심하고 예술인은 예술을 의심하는
것처럼. 사랑은 사람을 구태여 의심의 신scene으로
몰아세우며 사랑해, 말하기까지의 연유를 반추하게
된다. 겨울을 좋아한다던 사람이 겨울을 모독한다.
사월을 싫어한다던 사람이 사월을 기다린다. 봄이고
여름이도 가을이고 겨울이고 지독하게 생을
열거한다. 「로케이션 49」는 영화관의 0층, 0관.
00시에 상영되는 레인보우 빛 다크 무비다.

폭우. 겨울비. 폭풍 동반하다. 입간판 날아 이웃 주민 봉고차에 꽂히다. 연약한 한옥 지붕 두드리다. 봉창 두드리는 겨울비. 담벼락 비둘기 젖다. 꾸르르 꾸르르 울다. 집고양이 도망치다. 터줏대감 고양이 집고양이 쫓다. 사라지다. 폭우와 동반한 폭풍. 봉창 두드리는 겨울비. 개 짖고 개 젖고. 보금자리 짓고 보일러 굽고. 하늘 울다. 한옥에는 후벼파는 한(恨) 있다. 너 오늘 약간 크라잉. 하늘만이 크라잉 크라잉. 요란할 뿐이다. 동굴에서 나오다. 나의 감옥. 너의 라트비아. 나의 시티. 너와 나의 동굴 벗어나다. 요란할 뿐이야. 천 따라 벚꽃길 밟다. 누하동에서 청계천까지 흐르다. 빗물 타고 하수구 피해 갓길 벗 삼아 낙엽 업고 흐르다. 점퍼 지퍼 코 끝까지 올리고. A Rainy Day in Seoul. 빗소리. 우산으로 떨어지고 난 뒤. 우산 소리. 우산에서 추락하는 소리. 빗소리. 내려오네. 투명 비닐우산 너머. 내려오네. 발자국. 저벅저벅. 장화 신은 고양이 없다. 저벅저벅. 흘러. 흘러. 오다. 종로 5가에서 삐져나온 백 가닥 흔적. 살얼음. 움켜쥐다. 녹아내리다. 빠져나온 한 가닥 흔적. 청계천에서 흐르는 물살 사이로 집어넣다. 청계천에서 쏟아지는 빗물 사이로 그 사이로 너를 넣다. 폭우와 폭풍 동반하다. 종일 같이 다녔다.

빗방울 떨어지자 까맣게 이면지: 메모—

Schöne ist Wetter. 퍼지다. **나가다**. 내 시(詩)는

구역질이다. 토사물이다. 안면이다. 닦다. **반복**하고

반복되는 생산력이다.

La passion (nous) commande bien plus vivement

que la raison—라 파씨옹 (**누**) 코망드 비앙 플뤼

비브멍 끄 라 헤종—이성 raison **보다**

정념/열정 passion 이 훨씬 더 (**우리를**)

격렬하게/**살아있게** vivement 만든다

—미셸 드 몽테뉴

아무도 없는 지점에서 시작하다. 아름다워.

고독과 책망의 메이크업. 백지. 골몰하다. 은둔

끝내다. 분장 닦아내다. 오아시스. **밀실**. 편안해. 편

안 하다. 시 나리오. 흰 나비 날다. **오아시스**에

관하여. 흰 새 날다. 거짓의 고백. **테크노**. 담뱃갑.

돛대. 피우다. 떨어져 **나가다**. 태우다. 한량. 헌신.

초겨울. **구석**을 향해. 딱딱해. 남향을 향해. 나무.

나무와 나무. 나무 앞의 나무와 나무. **나무를 닮은**

나무. 나무 앞의 나무와 나무 옆의 나무. **너**. 벚꽃.

흩어지다. **눈부시다**. 눈을 부수다. 마샤 칼레코의

대도시에서의 사랑. 베를린. 테크노 댄서. **너**

필요해. 도시 신경안정제. 정독 도서관. **사월**.

기시감. 옥토버페스트. 함부르크에서 싼 똥. **넌 웃었어**. 울컥. 크라쿠프. 해남의 9남매. 나는 **기아**(飢餓)였다. 미셸 푸코 말하다—이 **반(反)공간**, 위치를 가지는 유토피아들. 아이들은 그것을 완벽하게 **알고 있다**. 그것은 당연히 정원의 **깊숙한** 곳이다. 그것은 당연히 다락방이고, 다락방 **한가운데** 세워진 인디언 텐트이며, 아니면 목요일 오후, 부모의 **커다란** 침대이다. 헤테로토피아에서 **말하다**. 메소드. 가난의 힘. 구역질. 토사물. 마포구청 **굴다리**. 식탁 밑에 세운 텐트. 암세포. 부고. 영면. 일요일에 **빨래**. 프루스트의 마들렌. 요새. 어머니의 김치찌개. 아버지의 담배 **냄새**. 탄핵. 족저근막염. 세검정로 칠십팔 계단. 파면. 완성주택빌라 오십구 계단. 탈조선. **그럼에도** 탈춤. **시작하다. 오늘도** 너 필요해. 버텨내다. 이 여권을 소지한 대한민국 국민이 아무 지장 없이 통행할 수 있도록 하여 주시고 필요한 모든 편의와 보호를 베풀어 주실 것을 관계자 여러분께 요청합니다. Deutschland. 한여름 밤의 꿈. 사랑해. **Ich liebe dich**. 나도. **Ich auch**. 바이에른 뮌헨. 장현—태풍이어도 좋아 허리케인도 좋아 소나기여도 좋아 물망초도 좋아 눈꽃도 **좋아**. alles gut. 김치말이국수. 당당하기. **돌고 돌아**. 향수. **찡**하다. 타코와사비. 이자카야. 서고동. 구백오십 권의 책. 밥 **안 먹었어**. 고군분투. **몸뚱아리** 하나. 위버멘쉬. 해방촌 케밥. 덴마크

햄버거. 달걀 프라이. 눈이 **오나** 비가 **오나** 새벽에 나가. 옹졸함. 소설. **그 끝.** 해피엔딩과 새드엔딩. **책망** 인생. **오아시스.** 봄. 오는 봄. 가는 봄. 오아시스. 돌고 돌아 사계절. 어나더 레벨. **너.** 실패하다. 퇴보하다. 고작 **이뿐인가.** 20리터 종량제. 임계점. 잘츠부르크. 비 내리다. 모자 위로 **나리다.** 엎어지다. 다치다. 희극. 칭찬 노트. 순수. 손수. 손에 손 잡고. 무명. 단명. **커튼콜.** 상사병에 입각하**였습니다.** 하늘 날다. 국제공항. 문득. 문득 **태어나다.** 파노라마. 부다페스트. KÁLI KÖVEK Köveskál Olaszrizling **가닿고 싶다.** 북극성. 오목교와 오작교. 마리엔플라츠. 전해 주고 싶다. 특수성. **구시가.** 낙타의 밤. 일상. **미상.** 이상. 절실히 그리워. 시계탑. **광장.** 너는 **너**를 보고 있어. 나는 나를 **보고 있어.** 마이즈너 테크닉. 밥 안 먹었어. 같은 것. **연속**되는 것. 고집. 표류하는 사랑? **저** **편**이 내 편보다 낫지. 기계적 한탄. 조울증 조립법. 자전거 도둑. **마주하다.** 마이너스 정신건강. **덩그러니** 남은 부품. **실패하다.** 뿌리. 깊다. 뿌리만 먹고사는. **너.** 밥 먹었어. 칠. 팔. 십. 십일. 구 빼먹었어. 구. 해줘.

도망하자고 했다. 폭우와 폭풍처럼. 너와 같이. 종착지 어딘지 묻지 않았다. 그러므로 도망하자고 했다. 겨울비 쏟아졌다. 하필이면. 그날 너와 날 빼곡히 묶어 하루를 죽였다. 체취 한데 엉켜 밴 손목 끌어올리며. 울고 불었다. 겨울비 그쳤다. 요란했을 뿐이다.

♪ 「We Need You」, 클레오 솔Cleo Sol.

어딜 가나 발밑에는 표정 없는 얼굴. 어딜 가나 발밑에는 얼굴 없이도 쌓인 눈. 한겨울의 직사광선이 구둣발 밑에서 일그러진다. 밟히면 뭉개지는 것. 이걸 사랑이라 부를 수 있을까. 계절이 발밑에 있다. 발자국만 덩그러니. 언젠가 이걸 계절감이라 적었던 것만 같은데. 하나의 계절을 보내고 또 하나의 계절을 그리고 하나의 계절 다시 하나의 계절과 작별했다. 돌아올 것만 같은 느낌은 돌아오지 않겠다는 가시적 기시감. 휴먼 드라마의 클리셰. 무지막지 조용한 선언. 널 과연 절실히 사랑하였는가. 네. 아니오. 네. 아니오. 손가락을 접었다 폈다 접었다 폈다. 한 계절의 마지막 잎새 그것은 핑거팁. 손금은 펴질수록 패였고 난 인지하고 있었다. 내 세계관은 패착이었음을. 끝끝내 절단하지 못한 건 접을 수 없는 알량한 아집이었으니. ……네. 어느 아득한 여명이 드리우던 밀실이었다. 사계절을 문신하고 있었다.

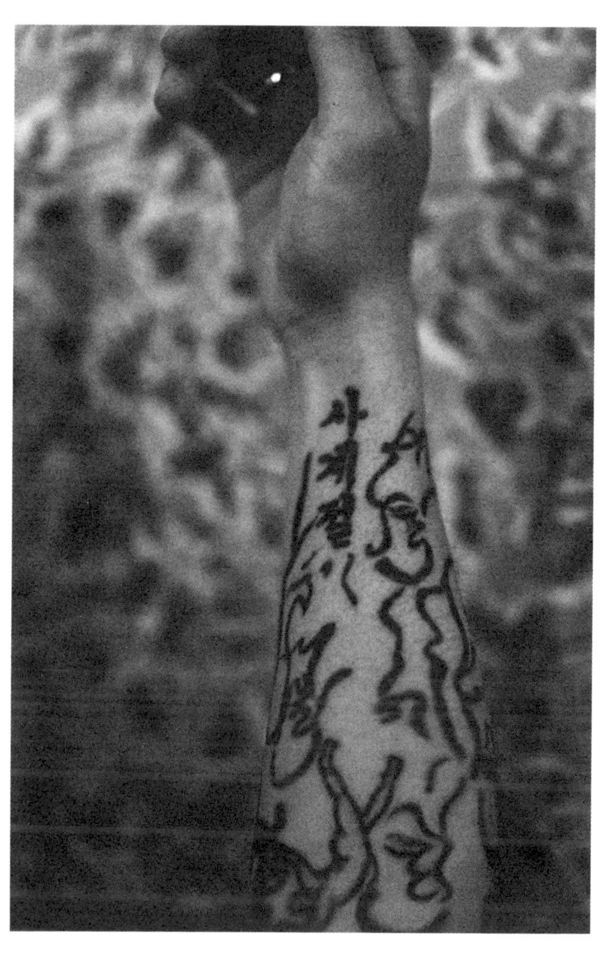

◦ 사계절. 그림자. 표정 없는 얼굴의 춤. @오른쪽 손목.
(배경)봄에만 피는 꽃으로 너저분한 커튼.

가슴 중앙에는 검은 새. 오른쪽 가슴에는 국화.
억겁을 돌고 돌아 왼쪽 어깨에 내려앉은 나비. 검은
나비. 광장을 가로지른다. 날아 날아 검은 점 되어
영생한다. 흰 나비 분명 있을 것이다. 흰 백지는
검은 나비만의 터. 영정 되어 날다 날다 흰 나비
어디선가 날아올 것이다. 날아들 것이다. 날아 날아
흰 점 되어 영생할 것이다. 로케이션. 너를 하얗게.
하얗게 찍어보기. 흑백 칼라 있음. 칼라 잉크 없음.
출력. 너 흰 것이라 상상하기. 날개 펴고 날아가기.
쏘아 올리기. 그 별의 안테나를 향해. 무라카미 류의
춤을 따라 추며 〈한없이 투명에 가까운 블루〉에
가까워지기. 멀어지기 없기. 다가갈수록 다가오지
않기. 그대로 있기. 몸짓과 잉크를 백지에 묻혀
전송—부재중. 부재하는 너. 그곳에 닿기 위해
보내는 심장박동. 수직과 곡선과 평행의 무대. 닿을
수 있어. 이거 하나만으로도 살아져. 오류와
범람으로부터 점검하는 삶. 그 별의 안테나를 향해.
삶이 이어진다. 출력. 흑과 백만으로도 살 수 있어.
오른쪽 가슴에는 국화. 가슴 중앙에서 건너오는
검은 새와 억겁을 돌고 돌아 날아오는 검은 나비.
국화에 앉은 흰 나비. 줄기를 물고 높이 가는 흰 새.
끝까지 다가가기. 여기가 우리의 오아시스야.

영락없는 오아시스. 한 컷. 한 장면. 딱 한 편. 너와
나의 로케이션. 잔존하는 너. 널 느낄 수 있어.
기억에의 박동.

나의 로케이션. 잔존하는 너. 널 느낄 수 있어.
기억에의 박동.

다시금 울리는 테크노. 같은 음 흔들리는 어깨 그 너머에서 상향하는 가닥가닥의 고해. 흘긋 돌아보는 예술 극장. 내가 저기서 연극을 봤었지. 스물 초반이었나. 연극 제목이 뭐였더라. 기억나질 않는다. 기억나질 않는다…… 컷.

일 행 이 행 삼 행 사 행 오 행 육 행 칠 행의 너—종종 편지할 수 있으면 좋겠다. 팔 행의 공백은 마치 너와 나의 로케이션. 로케이션의 질감이 구두짝 밑에서 리듬처럼 돌고 돈다. 명동. 빨간 코. 빨간 옷. 빨간 뺨. 사람은 가끔 최전선에서 애절하다. 코앞에 성당. 계단을 오른다. 질감. 복기. 컷. 컷. 발바닥에서 정수리까지. 계단을 세며 하나 둘 셋 넷 다섯 여섯 일곱…… 컷. 세계의 종말을 카운트다운할 때 내려놓는 편지가 되고 싶다.

시계탑 앞에 정지한다. 시야는 하얘진다. * *

<pre>
   *   *   *   *   *   *   * *
              *   * * *
       *
              * * *   * *
</pre>

눈이 내리나? 칠흑 속인가? 흑과 백. 희망은 작다.
작음은 힘이 세고 작음 속의 작음으로부터
강해진다. 애당초 절망이란 하룻밤의 눈발.
소란스러웠던 작란일 뿐이다. 겨우내 고개를
들었다. 우두커니 떨고 있는 민들레 한 송이는
괴롭다. 전의를 상실하기에는 풍문과 괴담일
뿐이다. 작음 속의 작음 속의 작음. 시야는
하얘진다. 너 없고 나 남았다. 고백—난 그 안에
있다. 불쌍하고 아름다운 나의 로케이션. 눈이
거나하게 나릴 때면 울고 싶어진다. 가호와 빙판과
방수판 사이에서 울고 싶어진다. 쪼그린 채 냉기를
먹으면서 플라스틱에 붙어서. 난 너무 작아서 넌
너무너무 작아서 웅크린 채 얼싸안고 싶다.
행—행—행 짖으면서. 겨울과 폭설과 몸살이
비로소 이국의 기차역을 통과한다. 사월이 감은 눈
겉에서 켜켜이 쌓인다. 사월이 셔츠를 뚫고 가슴
자락에서 새순처럼 돋아난다. 사월이 사월이
사십구재처럼 영원토록 흐른다. 흥얼흥얼 노랫말
없는 사월의 행진곡. 행여나 잊을까 로케이션.
아름답기에 불쌍하기 그지없다.

　창공을 뒤덮은 백색의 세계. 테크노에 심신을
내놓은 사람. 옆에는 기도하는 사람. 그 그 옆에서
기도하는 사람. 그 그 그 옆에서 기도하는 사람. 그
그 그 그 옆에서 흩날리는 하룻밤의 눈발. 손을

모은 사람과 분분한 낙하를 위해 정지한다.

커다랗게 두 손을 엮는다. 아주 세다.

고해성사—

아 아. 들리세요? 들리세요? 안 들리시겠죠. 다들
혼잣말하더라고요. 오늘 저도 해보려고요. 혼잣말.
저는요 아주 건방지고 무례한 사람입니다. 하물며
신앙심도 없는 사람입니다. 어법이 너무
가식적인가. 그냥 믿음이 없는 사람이라고
말할게요. 백 번 천 번 믿음 거리면서 정작 저는
믿음 한올 한 가닥 조차 없는 사람이죠. 순
거짓말쟁이죠. 근데요. 신기한 건요. 공백을 보면
자꾸만 믿음을 넣고 싶어요. 전부 믿음으로 채우고
싶어요. 지금처럼요.

(일 행의 공백)
(이 행의 공백)
(삼 행의 공백)
(사 행의 공백)
(오 행의 공백)
(육 행의 공백)
(칠 행의 공백)
(팔 행의 공백)

이 세계가 절망이고
결핍이고 파국이라 해도 전부 믿음으로 덮고

싶어요. 백지에는 흑백이 가장 잘 어울려야 한다는
믿음 때문일까요? 저도 참 불쌍해요. 볼 줄 아는
것이 흑백뿐이고요. 말할 줄 아는 것이 편협한
논리뿐이네요. 두 손 힘껏 엮어봤어요. 어때요?
단단한가요? 아니면 당당한가요. 사십 년이 넘은
책방에서 찾은 절판된 소설책처럼 오래오래
엮어두었어요. 아시나요? 두 손에서 모래알처럼
빠져나가는 이 감촉. 겨울바람이 횅횅 볼 언저리를
스쳐가는 이 느낌. 아시겠죠. 명동성당. 영원의
프랙털. 살갗을 찌르던 창살. 검은색 머리카락과
흰색의 결정. 푹푹 쌓여가는 눈. 혹은 고인 채로
얼어붙은 물. 그 날카로움. 로케이션에 들어서면
시작되는 흑백의 프랙털. 이건 당신만 아는 비밀.

(일 행의 공백)

(이 행의 공백)

(삼 행의 공백)

(사 행의 공백)

(오 행의 공백)

(육 행의 공백)

(칠 행의 공백)

(팔 행의 공백)

겨울철 새벽녘—

창틀 가까이의 적막.

로케이션의 조용한 몸짓.

감각의 반복.

향

향

향

향

너. 분절된 냄새.

거울 속의 겨울과 만나다. 내가 입을 열면 너의
얼어붙은 물은 녹아내린다. 멸망한 도시에서 굳게
닫혀있던 꽃잎은 벌어진다. 애도가 허를 거두면
너는 씩 미소 짓는다. 로맨틱 코미디 필름 만나다.
너 따라 나 미소 짓는다. 고드름 녹아 황무지에서
한 방울씩 방울 방울지다. 누아르 필름 만나다.
작용과 반작용이 너와 나 사이에서 꿈틀거린다.
멸망한 도시의 정원은 토지에서 튀어나온 팝콘처럼
만개한다. 겨울 속의 거울과 만나다. 오랜만이다.
너. 너무 늦지 않게 너무 빠르지 않게 인사하기.
「로케이션 49」—잔혹동화는 없는 거야. 그래서
지었다 너와 나의 로케이션. 멸망한 도시에서
유일하게 바로 세워진 로케이션. 그러므로 멈춘
세계. 흐르지 않는 시간은 호러 무비처럼 전신을
옥죈다. 시간을 멈춘 채 너 멀리멀리 간다.
「로케이션 49」—잔혹이란 어쩌면 아주 잠시 널
살게 하고 날 살게 했던 오아시스였는지도 몰라.
아주 아프게 아주 덤덤하게 작별하기. 동화처럼
살자고 발밑을 나누자고 머리맡을 곱하자고 지었다.
너와 나의 로케이션. 기록되지 않는
삶—너—동화는 없는 거야. 나 혼자 사는 건 이제
두렵지 않아. 눈을 감아도 선명한 너. 거울을 버려도

어디선가에서 비치는 너 내리는 너 날아오는 너.
겨울이 끝나도 돌고 돌아 겨울처럼 오는 너. 난 이
겨울에 모든 것을 걸었다. 너를 걸고 기록하는 삶.

　　4. 몸. 행위. 몸짓. 춤. 살결. 중독. 영혼. 바늘.
문신. 펜촉. 과거. 매몰. 희열. 시. 우주. 비행. 방랑.
@. 길. 맨발. 다리. 가시밭. 컷. 사계절. 시네마.
누벨바그. 땅. 시청각. 디스토피아. 세계. 메모리.
지대. 도망. 전복. 종말. XXX. 위반.『시 없는 삶』.
「베를린 천사의 시」. 커피 한잔. 검은 새. 날갯짓.
황새. 흰나비. 피안. 순정. 부조리. 시도. 불가능.
테크노. 숨. 행위. 고별. 멋. 이미지. 전위. 발소리.
인기척. 먼. 뮤즈. 無詩無詩.

　광장을 밟는다. 광장에 올라서다. 참혹한 밀실의
문을 열다. 한 컷의 로케이션. 풍기는 옛것의 내음.
그리고 아무 말도 하지 마. 어머니의 배꼽은
지구만치 둥그러니까 아버지의 술배는 세계만치
커졌으니까. 크레파스 냄새 노쇠 냄새 곯은 냄새.
아무 말도 하지 마. 그리울 것만 같으니까. (이미
그리운 건 나의 비밀이라서) 심장이 뛴다. 너무 뛰어
온통 붉다. 원 샷 투 샷 쓰리 샷. 오늘은 포 샷으로
간다. 다 아무 말도 하지 마. 밀실의 문을 닫는다.

　비계 하나 세움. 완공을 향하여. 석삼……
너구리…… 오징어…… 구워…… 비계 계속 세움.
나의 인부는 쉴 새 없이 세운다. 널 세우고 벽
세우고 기둥 세우고. 철심 박고 목재 박고 인내
무게 실어 박고. 내 안의 인부를 몇 명까지 늘릴 수
있는가. 이 생은 더럽기만 하고 작은 것에 바치는
연민은 잘려나가 자라지 않는 손가락 같다.
유한하다. 봄 여름 가을 겨울의 피부를 가진
노동자들. 구르는 안전화의 함성. 오참은 언제?
마음 다 알아 하지만 이제 막 안전모 뒤집어썼잖아.
복에 겨운 석삼 너구리 오징어 구워 버터플 야도란.

잔 기울자 꿈 깬다. 고개 따라 기운다. 쓴 커피는 달콤했던 키스 같아. 어느 새벽에는 믹스커피조차 쓰더라. 찰나의 너는 깨어난다. 얼마나 깊은 꿈이었는지 모르겠지만. 넌 깨어난다. 깨어난 너는 내게 전화를 걸까 말까 저장된 이름을 동그랗게 쓸며 걸까 말까. 난 동그라미가 되다 못해 헤진다. 감각이란 이런 걸까. 헤지는 건 꿈같다. 너 너무 많아서. 너 너무 쓸어서 감각. 엄지와 검지의 지문은 왜 닳지 않는 걸까. 더 이상 닳을 것이 없기를 바라며 뱃가죽을 쓸어내린다. 오늘따라 상접한걸. 무진장 깊은 꿈이었나?

허공으로 나다니는 나비. 꼭 끌어내리겠어. 종일 날개뼈를 문지르겠어. 나비 끌어내리던 찰나 낯익은 음악이 들려온다. 「Something's Got a Hold on Me」, 에타 제임스Etta James. 익숙한 권태가 몰려온다. 이 권태 속에서는 「Both Sides Now」, 조니 미첼Joni Mitchell가 적재적소이지 않을까 싶다. 지문이 허공에서 춤춘다. 마치 너는 수화 같아.
(넌 어떤 노래가 더 좋니?)
—수화 중—
(꽂아버리기 전에 내 집에서 꺼져)
—수화 중—

기분이 좋다.

들어올 때도 혼자 나갈 때도 혼자.
혼자에게 대답해 줘서 고마워
나만의 나비.

너와 침을 뱉고 엉덩이를 흔들던 춤. 바닥을
파내고 시간을 묻던 로케이션의 한 장면. 그날의
너와 나는 원샷. 투샷부터는 춥다. 밀실의 문을
연다. 광장으로 나온다. 두 개의 로케이션으로
나눠진 세계. 하나는 없고 하나는 있다. 널 만나려면
세계를 합쳐야 해. 로케이션은 하나뿐이어야만 해.
종말을 라탄 바구니에 넣어서. 보관하고 재워주고
놀아주면 사랑이 될 것 같아서. 사랑 안에서 뒹굴고
싶다. 동그란 공처럼. 암세포처럼 퍼지는 세모난
공과 네모난 공을 다듬으면서. 그대로 탕진하고
싶다. 온갖 것을 다 바쳐서. 광장과 밀실의 시간을
탕진하고 싶다(그러니까 탕진이 뭔데?). 탄 꽃의
재가 팔뚝을 타고 떨어진다. 오늘은 쓸지 마 봄
있고 여름 있고 가을 있으니까. 국화는 저 편에
있고 넌 날개뼈를 돌며 순항 중이다.

° 나비. 흑백의 날개. 탄 꽃의 재와 국화. @왼쪽 어깨.

성탄절: 습작—

와인바 출입문이 열린다. 사내는 핸들링을 하는
중이다. 문이 열리면서 꾀꼬리처럼 울리는 종소리.
고개 돌리자 두 사람 우두커니 서 있다. 손님을
맞이하기 위해 닦던 잔을 내려놓는다. 출입구로
향한다. 우두커니 서 있는 두 명의 여성. 사내
마음에 한 사람이 밟힌다. 소복소복 쌓인
눈밭에서의 첫 발자국처럼 하얗게 짓눌린다.

긴 생머리. 가슴 쪽에서부터 말려진 머리칼. 롱
코트 밑 슬쩍 보이는 검정 스타킹. 발목 아래에서
빛나는 유광의 플랫슈즈. 무엇보다 사내의 평정심을
열렬히 흔들어놓은 건 그녀의 표정 없는 얼굴이다.
사내 자신도 모르게 침을 꼴깍. 그녀와 일행을
빈자리로 안내한다. 바 테이블에 앉힌다. 사내는
흐르지도 않는 식은땀을 헛손질하며 닦아낸다.
이마를 쓸어올리면 축축하게 늘어진 소매를
감각하는 것처럼. 안절부절. 사랑에 빠진 것이다.
기다리고 기다리던 사랑이다. 틀림없다. 사내의
입안은 사막이다. 삭막하다. 생수를 꿀꺽꿀꺽
삼킨다. 너무 세게 힘을 쥔 나머지 생수통 라벨이
뒤틀린다. 바닥까지 털어 마시고 보니 손안에

오아시스가 있다.

　그녀와 일행이 메뉴판을 본다. 오랫동안 살핀다.
사내는 그녀를 시야에서 떼지 않는다. 그녀의
가르마부터 이마 콧대 입술 아래턱. 목선에서부터
부드럽게 이어진 산등선을 하산하며 침잠하듯
향기로운 필름에 빠져든다. 얇고 하얀 손목까지.
여기서 사내는 정지한다. 그녀의 손목에는
오돌토돌한 네 개의 빨간 줄이 그어져있다. 사내는
어떤 생각을 하고 있나. 그녀도 아팠을까. 사내는
자신의 손목을 내려다본다. 자신에게서 가시는 더
이상 돋지 않는다. 그렇다면 뿌리는 언제 어떻게
무엇으로부터 제거된 걸까. 그녀의 손목을 다시
훔쳐본다. 연유조차 알기 두려운 네 줄의 선이
질기고 무한한 평행선이 되어 사내의 심장을
관통한다. 그녀가 사내를 향해 고개를 돌린다.
백색의 의사가 조그맣게 적어주었던 문장이
떠오른다. 〈기록하지 않을 것.〉 눈이 마주친다.

　그녀 앞으로 와인을 들고 간다. 전신이 고통이다.
정신박약이 심장박동에 의해 커져간다. 이걸
떨림이라 해도 될는지. 몬테풀치아노 품종으로 만든
이탈리아 와인입니다 첫사랑이 입던 가죽 재킷의
향이 코끝을 감싸고 시가렛 박스의 잔향이 첫
키스를 떠올리게 하죠 저는 이렇게 느꼈어요

누구나 뮤즈 하나쯤은 있잖아요. 그녀가 눈을
지그시 감았다 뜬다. 와인을 오픈한다. 코르크를
끌어올린다. 하나의 세계가 몰락하자 동시에 또
다른 세계가 건축되었다.

천사는 없지만 인사는 메리 크리스마스. 부르면 가고 오라면 간다. 가라면 가고 치우라면 치우고. 오욕과 컴플레인. 내가 다 뒤집어써줄게. 내가 다 받아줄게. 그러니까 너 요즘 어떠니? 웃는 얼굴에 침 뱉게 생겼다느니 셔츠 사이로 보이는 문신이 껄끄럽다느니 다 필요 없다. 널 로케이션에서 송두리째 꺼내와 내 앞에 둔다. 너 내 앞에 두고 얘기한다. 잘 지냈니? 많이 아팠니? 밥은 먹었니? 울음은 덜 하니? 부모님은 건강하시니? 그러니까 너 요즘 어떠니? 그때 마셨던 와인은 어땠는지도 얘기하고 싶다. 너 마셨던 와인은 악마의 와인이라고 불려. 어땠니? 너무 떫었니? 맛없었니? 나 너에게 안부만 묻고. 묻었던 너 염치없이 꺼내 두고. 오래 묶어놓은 말풍선 터지고. 허무하게 사라질까 애써 물음표 매달아 묻고. 다른 걸 마셔봐도 좋겠어 메를로 품종도 괜찮겠다 매끄럽고 잔잔하니 피노누아의 섬세한 산미도 괜찮겠고 샴페인은 나중에 마셔봐 그날은 우리만의 파티를 열자 이제 레드 말고 화이트로 넘어가 보자 부르고뉴 샤르도네도 좋아할 것 같은데 아 맞다 헝가리 리슬링 진짜 맛있더라 뉴질랜드 쇼비뇽 블랑이 느껴졌다니까? 나 너 앞에 있는 것처럼

애기한다. 아주 많은 애기를 하고 싶다. 천사는
나타나지 않고 축복도 우리만의 파티도 새하얀
날개와 그림자도 없다. 난 너 없이 일한다. 출근하고
퇴근한다. 출퇴근길이 예쁘다고 말하던 너를 내
옆에 두고 바닥을 밟는다. 너 아무렴 없지만
애기한다. 오늘의 휴게는 없으니 담배 한 개비
정도는 괜찮겠다 싶었지 잿빛의 연기가 하늘을
가리는데 오늘도 이만이면 싶어서 내 자리로
돌아간 짧은 쉼이었지 오뉴월의 어느 날에는 국기
게양대에 맞았어 확성기 앞에서 귀를 막았고
예쁘다던 출퇴근길 어느덧 헌법재판소를 지나면
화환이 늘어져 있고 쓰레기봉투는 나뒹굴었어 이게
맞아? 두고두고 볼 일이겠지만. 이상의 혼잣말이
위태로워서 널 기어코 밀어 넣었다. 우리만의 대륙.
우리가 짓고 우리가 살던 로케이션으로. 인사는
메리 크리스마스.

안녕. 우리 곁에 끼고 사는 동안 내 이름
말해주지 않았네. 하루고 일주일이고 몇 년이고
지독히도 너의 이름으로만 까마득했네. 까마득해서
이제는 밤낮 가릴 것 없이 너의 세계가 까무룩
져버렸네. 너 하나 살리고자 한낮에 떠있는 달이
되고 싶었네. 너 하나랑 살아보자고 개나리꽃 되고
싶었네. 겨울 오니 홀로 버티는 앙상한 나무 되고
싶다고 빌어볼 걸 그랬네. 하염없어서 염치없었네.
내 이름을 읽어주겠니? 안녕. 나의 이름은
사십구야. 너와 같아졌네.

♪「Two Hearts(Lawns)」, 테리 린 캐링턴 Terri Lyne Carrington,
라비 콜트레인 Ravi Coltrane, 사마라 조이 Samara Joy.

파쇄:「로케이션 49」단편본 초기 각본—

〈너〉는 허리를 구부리되 당당한 자태를 잃지 않는다.
성인 남성 가래톳 높이 정도의 협탁. 그 위로 가지런히
놓인 잉크통. 흑색 잉크 네 개를 채우고 마지막 남은
백색 잉크를 채운 뒤, 깔끔하게 다림질된 셔츠를 뽐내듯
허리를 편다. 베드를 바라보고 있는 의자로 착석한다.

〈나〉는 새로 산 슬리퍼를 자랑하듯 베드 앞에
벗어놓는다. 늘 그래왔듯이. 어색함이란 일절 없는
표정과 갈비뼈가 훤히 드러난 옆선을 보이며 눕는다.
(주말의 거리를 보여주듯 창가로 수많은 행인들이
나타났다 사라진다.) 나는 너의 얼굴을 올려다본다.

너: 냄새나는 슬리퍼는 버렸네?

나: 그날 바로 버렸지.

너: 잘했네.

나: 오늘도 아프겠지?

너: 응.

나: 응.

너: 몸에 힘 빼고.

나: 잠깐. 밥은 먹었어?

너: 일어나서 먹었지. 넌 굶었겠지.

나: 넌 나에 대해 참 잘 알아.

너: 공사장에서 끼니 때우는 잡부를 누가 모를까.

나: 죽는 건 두렵지 않아. 무서운 건 외로움뿐.

(곧이어 너의 침묵이 나의 등으로 떨어진다.)

고요

나는 엎드린다. 들려오는 타투 머신의 진동.

너: 아파?

나: 아파.

너: 오늘은 혼잣말 안 하네.

나: 웃기네. 내가? 어떻게?

너: 진리를 알아버린 것처럼. 뉴런의 메커니즘이
망가져 중언부언하듯. 방대한 지식에 미쳐버린
사람이 길거리에서 떠들 때처럼.

정적

나: 내가?

너: 응. 너.

나: 아!

너: 아파?

나: 아니.

너: 아니잖아. 아픈데 병신같이 참고 있잖아.

나: 난 그저 살아내고 있는 것뿐이야.

너: 살아내고자 하는 게 고작 이거야?

나: 응. 너도 나랑 별반 다르지 않을걸.

너. 그럴 수도. 아닐 수도.

나: 됐어. 의미 없어.

너: 어이없어.

나: 떠들고 싶어졌다.

너: 떠들어 봐.

나: 쉽지 않아.

너: 어떡해. 해내야지.

정적

나: 인생은 술 영화 음악 사랑뿐. 한 잔. 두 잔. 세
잔. 창밖을 바라보는 사내. 진눈깨비가 내린다.
증발의 시간을 세는 사내. 손가락을 접는다. 수가
부족하다. 발가락을 오므린다. 그대로인 발가락. 발
없는 시간. 억지로 접어 본다. 억지로 억지로 숨을
고른다. 이제는 어딜 굽혀야 하나. 곳이 없다. 갈
곳이 디딜 곳이 없다. 믿음이 명멸한다. 13미터
공중에서 쁘라스틱 배수판을 붙입니다. 비계가
흔들립니다. 이 새끼들 일 제대로 안 해? 비상!
비상! 저는 장애가 있습니다. 장애를 가졌습니다.
공포증. 고소 고소 공포증. 싸장님. 13미터 공중에서

쁘라스틱 배수판을 붙이는 공정이 100분의 1
확률이라는 게 사실입네까? 나는 장애가 있습니다.
공포증! 공포증! 편견을 깨부수기로. Tribe는
Tribe이기를. 레지스탕스 정신은 영원하다! 다수의
항쟁. 치부를 건 항거. 맨발이다. 밑바닥이다.
한여름의 아스팔트다. 오래전의 가시밭길이
아지랑이로 회귀하다. 인생은 술 영화 음악 사랑뿐.
쳇 베이커는 이곳에 있다. 어설픈 초상화. 저 금색
악기는 트럼펫인가요. 색소폰인가요. 움푹 찌그러진
육체. 이빨 없는 남자. 이걸 빼면 그는 이곳에 없다.
유체로 양수를 먹으며 태아로 커가는 드라마.
시간은 거꾸로 간다. 거꾸로 가는 시간의 속력은
빠르다. 다시 앞으로 간다. 앞으로 가는 속력 또한
빠르고 촌초마다 잃는 것이 늘어난다. 우사인 볼트
달리다. 한 사내를 쫓다. 잡히는 건 어느 쪽? 사내는
잡히면서도 따라잡는다. 볼트를 돌리고 풀고 돌리고
풀고……. 신기루는 환상을 건설하고 일상의 광기는
도시의 건물처럼 번지수로 기록되어 있다. 거주하는
공간에는 수억 가지의 기억이 유유히 떠다닌다.
고성과 미소와 회피와 치욕 같은 것들이. 건축물과
녹색의 유리창. 뒷골목에는 홍염의 창. 사창가의
매달린 빨간 방울이 피눈물이었다는 것을 아는지.
그때부터 아침에는 선글라스. 저녁에는 감은 눈.
공포증! 공포증! 공포에 가까워질수록 사내는
흥분한다. 그건 마치 병적인 집착 같아서 사내는

밑을 향한 시선을 거두지 못한다. 밑으로 밑으로 더
밑으로. 근원을 향하여 떨어지리라. 여한 없으리.
인생은 술 영화 음악 사랑뿐. 소멸해가는 현실
앞에서 라팔리스의 진리를 외쳐야 할 때!
「슬프도다, 그가 죽지 않았다면 그는 아직도
부러움을 샀을 텐데.」

너: 오늘은 더 심한데. 괜찮니?
(넣기만 하던 너는 두려워하는 형태의 몸짓으로.
찔리듯이 흔들리는 발 무릎 어깨 머리. 순서대로
정지한다. 공간의 모든 것이 침묵한다.)

나: 난 괜찮아. 너 모든 걸 내려두고 떠나도 좋아.
너: 그게 뭔 소리야……?
나: 언제나 너를 바라보고 있었다. 넌 몰랐겠지.
너: 모르고 싶다는 가정은 없는 거니?
나: 우리 헤어질 때가 된 것 같네.
너: 이것만 끝내고 헤어지자.
나: 그래. 이건 끝내야지. 좋아.
너: 아무렴. 다시 넣는다.
나: 아무렴.

고요

나는 불편한 모양새를 보인다. 자잘한 고통으로 몸이

뒤틀린다. 너는 자세를 고치고 다시 시작한다.

　너: 이제 덜 아프지?
　나: 어? 방금 소리 들었어?
　너: 무슨 소리?
　나: 크게 충돌하는 소리.
　너: 그니까 무슨 소리?
　나: 높은 곳에서 떨어져 바닥에 닿는 소리!
　너: 그쯤에서 그만해. 오늘은 여기까지 하자.
　나: 아무도 없는 무대…….
　너: 아무도 없는 무대……?
　나: 미완의 세계.

고요

　타투 머신의 진동이 멈춘다. 천천히 암전. 조명
하나만이 나의 전신을 비춘다.

　나: 한 잔. 두 잔. 세 잔. 사내는 타락했다.
타락했다는 사내는 로케이션을 짓고자 공사장을
드나든다. 이동 화장실에서 체조하는 사내. 선택의
갈림길이 플라스틱 칸막이를 넘는다. 너 타이루
할래? 목수 할래? 잡부 할래? 인생은 술 영화 음악
사랑뿐. 일곱 시 땡. 방수 기공이 나타나 무릎을
깊이 박고 지하 5층 바닥에 얼굴을 비빈다. 아저씨

하나 열사병에 쓰러져있고 아저씨 하나 공정 끝나 철기둥에 이마 기댄 채 오줌 누고 아저씨 하나 오함마 두 개보다 몸통 가냘파 반장한테 쿠사리 먹고. 똥보다 먹기 힘든 욕설. 공사장의 강제 노역 덕분에 사내 오늘도 살아냈다. 당당한 자는 쫄릴 이유가 없어. 숨바꼭질을 시작하지. Does it look illegal? 도처에 맹수들이 어슬렁거린다. 누구 하나는 잡아먹혀야 한다. 준비됐어? 터질 듯한 왼쪽 심장. 차가운 핏물이 오른쪽에서부터 넘어와 맥박을 다독인다. 새까만 사내. 흑백의 크로마키. 혈색이 무미건조하다. 사지를 내던진다. 번지 점프를 시멘트에서? 바닥보다 더 깊은 바닥으로. 시멘트에게 날개를! 마침표가 뚝. 여백으로 낙하하여 펼쳐지는 대서사시. 흑색의 피. 백색의 혈관. 흑백만이 사내의 청사진이로다. 공포의 근원. 삽입의 고통. 하나부터 열까지 물고 늘어지는 집착. 평행으로 이어지는 가닥. 곡선의 상향과 하향과 회전에도 끊어지지 않는 가닥. 이 한 줄을 허리에 묶고 비계를 오르는 사내. 어느 날 문신사는 사내의 몸에 삶의 증거들을 남겼다. 추락과 등주와 역상의 순간을. 그 순간의 증거들은 되풀수록 지속 가능한 이야기였고 어느 날은 또 다른 어느 날이 되었다. 어느 날은 여름이었고 어느 날은 가을이었다. 어느 날은 겨울이었고 하나씩 드러나는 과거를 더듬다 보니 다시 겨울이 되었다. 한데 모아지니 사내가

온몸을 바쳐 내던지고 박살나고 매달렸던
로케이션이 건축되었다. 사내는 사내를 만진다. 이
감촉. 이 향기. 이 노스탤지어. 사내는 환희와
슬픔에 가득 차 춤을 추었다. 테크노 테크노 테크노.
종말을 떠올리며. 희망을 떠올리며. 만남을
떠올리며. 너무 낭만적인이라는 판단이 서면 춤을
멈췄다. 사내는 나지막이 속삭였다. 나의 고통을
모두 내어드려도 되는 부분입니까……. 죽음의 관을
찾아 먼 길을 떠난다. 머릿속에 그려놓은
로케이션의 약도를 따라서.

다시 너와 나를 비추는 조명.

너: 여기가 어디야?

나: 여기가 어디라니?

너: 아무것도 안 보여!

나: 너 닿았구나.

너: 닿았다고?

나: 응. 아무도 없는 무대. 그곳에 닿은 거야.

너: 무서워. 나 너무 무서워. 떠들어. 빨리 떠들어!

나: 나 너 없이도 잘 살아낼 수 있겠지?

너: 그건 또 뭔 소리야. 장난 그만해.

나: 너 곧 훨훨 날아갈 거야.

너: 내가? 어디로?

나: 가고 싶은 곳으로. 곧 돌아올 거야. 언젠가는.

고요

　나는 일어난다. 조명은 나를 따라온다. 무대 중앙
끝에 걸쳐 선다. 차렷 자세로 앞을 응시한다. 양손은
허벅지에서 3cm가량 떨어져 있고 열 개의 손가락은
피아노를 치듯 움직인다. 먼 곳을 향해 춤을 추듯. 두
눈은 빠르지도 느리지도 않게 껌뻑인다.

　나: 인생은 술 영화 음악 사랑뿐. 한 잔. 두 잔. 세
잔. 고유하자. 고유하자. 고유하자. 사이키델릭하다.
오르락내리락 판가름할 수 없는 어제와 오늘과
내일. 매순간의 탄원과 혁명이리라. 사각의
바리케이드에서 반(反)하는 사내의 몸짓. 춤. 열렬히
울리는 비트. 엉엉 쏟아내는 과오와 미상으로부터의
결핍. 인생은 술 영화 음악 사랑뿐. 사뮈엘 베케트의
고도. 냉담한 청계천. 혹한의 밤베르크. 석양이 지는
포르투의 모루. 시네마틱의 악취가 목덜미를 후비는
파리의 길바닥. 담배연기가 밀물과 썰물처럼 폐를
드나든다. 홀로 이국을 떠돌아다닌 사내. 간덩이가
부었다는 말은 나름 레지스탕스적이었지만 한 꺼풀
투시해 보면 비참한 형색일 뿐. 그 사내 얼마나
외로웠을는지. 시베리아 저 추운 지역에서는
자율주행으로 바꾼 썰매가 있다고 한다. 힙
플라스크를 든 산타가 오로라를 가로지르며

야간스키를 탄다는 풍문 또한. 버려진 루돌프.
가엾은 루돌프. 시야 너머 시차 너머로 무너지는
동심. 미적지근해진 믿음과 상상. 사내는 유랑과
면역을 긁어모아 몇 년간을 쓰고 지우고 쓰고
지우고. 그러다 버리고. 그러고는 한숨 쉬고
기침하며 흑백 뭉텅이를 챙기고. 절망은 언제나
흑백에서. 연명의 이유 또한 절망에서. 몇 년간을
하얀 세상에서 죽고 못 산다. 눈사태만치 거대하고
쓸쓸하고 고요하다. 사내는 자신의 국경으로
돌아온다. 커다란 검은 새의 등에 업혀서. 혹은 일곱
마리의 검은 새를 이어 발톱에 매달려서. 대부분 달
밑을 날았다. 어둑한 밤에도 밝게 빛나는 달을
보았고 한창인 낮에도 어두컴컴한 달을 보았다.
빛없던 하늘을 난 적은 없었다. 그러니 버텨야 한다.
버텨야 한다. 온몸으로. 몸짓으로.

　암전. 나는 점점 암흑에 묻히고 작은 조명만이
껌뻑이는 두 눈을 비춘다.

○ 철새. 미완. 떠나가도 돌아온다. 그러니 되도록이면 멀리 가.
@등.

기록은 안구에서 흐르는 출혈로부터 시작되지.
기록하지 않겠다던 선언장은 기나긴 시간을
돌파하면서 파쇄됐지. 시속과 마찰에 눈이 멀었지.
허공을 질주하느라 눈이 멀었고 바닥에서 사느라
눈이 멀었지. 헛디딤의 연속이었지. 하나의 장르를
넘어서기까지 오랜 시간이 걸렸지. 꿈에서 꿈을
잃은 것만 같았지. 너를 넘어서느라. 눈먼 자의
마지막 철조망. 낭만을 철거하는 재개발 구역.
이제야 낭떠러지에 닿은 걸까라고 물으면 넌
부정하겠지. 스몰짜리 상의가 고공을 향유하던
연처럼 추락할 때 기사회생하듯 독일가문비나무에
매달린 것처럼. 마지막 잎새가 곧 마지막 낭만인
것처럼. 삶은 광장만큼의 장난질이고 좁은
밀실만큼은 유머로 채워야지. 돌고 도는 음악은
투쟁이라 했지. 투쟁은 기필코 다음 시대의
시네마에서 끝나야 하지.

너와 나는 하나의 장르 속에서 살았다. 꿈이었나?
꿈이었나 싶을 만큼 지독하게. 너와 나는 테크노
속에서 살았지만 마지막 날의 소리는 현악과
기계음이 섞인 사운드였다. 넌 기억나지 않겠지만
우린 온몸을 흔들었다. 바닥의 바닥에도 바닥이

있을 만큼 쿵쾅거렸다. 너 모르게 기록했다. 낭만의
시대였다고. 로케이션은 철거됐다. 넌 없다. 다른
세계에서 넌 뭘 하고 있을까. 주연 배우 혹은
누군가의 뮤즈. 그날은 다른 장르의 철조망을
기똥차게 넘어가던 날이었다. 어쩌면 희망의
뉘앙스였을지도. 나는 다른 세계에 도착했다. 이
세계에는 북녘이 보이고 메아리는 울창하다. 밤에는
은은한 우울이 돌담길에 서려있고 아침의 새소리는
소란스럽고도 허무하다. 새는 왜 돌아올 거면서도
멀리 떠나지 않는 걸까. 가끔은 꿈에서 꿈을 잃었다.
이상하기만 하다. 때론 하나의 장르를 잊기도 했다.
이어진 세계임을 알면서도. 하염없이 온몸을
두드리는 널 떠올린다. 두 손 두 발 다 들어
항복하면서.

모든 것이 막을 내렸다. 겨울도 폭설도 너와 나의
세계도. 따듯한 것이 명치에서 매섭게 울린다. 돌고
돌아 흔적. 폐허에서 홀로 중얼거린다. 사월
오겠구나. 사월 오겠어.

♪ 「born slippy(nuxx)」, 언더월드underworld.

로케이션 49 —
시의 극장에서 만나다

인터뷰 / 김포그니

경쾌하다. 글이 별빛처럼 흩어졌다가 다시 하나가 된다.
정경훈이라는 사적인 공간에서 탄생한 사랑, 예술, 관계,
애도, 정체성, 생존 등의 보편적 이야기가 그렇다. 시집
안의 진실한 글자로서 유의미하게 부유하다, 때로는
활자로 구성된 무형의 조형물로, 반복된 단어의
영사기로 부화한다.

이렇듯 하나의 시각물이 된 시를 읽다 보면, 우리도
모르는 사이 오감의 장이 펼쳐진다. 일례로 독자 일부는
그의 글을 마치 회화 작품처럼 바라보게 될지도 모른다.
사랑·상처·무대를 연속적으로 만들어가며 버티는 과정을
마치 연극처럼 보여주는 이 시집에는 표제작이 없다. 〈한
편의 영화로 만들고 싶었기 때문〉이라고 그는 말한다. 마치
사랑의 부재 이후에도 계속 무대를 세우고 기록을
이어가야만 살아지는 한 인간의 수행 구조처럼, 이 〈애도-
퍼포먼스〉에는 롱테이크가 있고, 한 컷의 쇼트가 있고, 대뜸
들어오는 독백이 있다.

이를 두고 그는 〈시의 극장〉이라 불렀다. 그 극장의 문을
열고 들어가 보면, 과연 어떤 이야기가 펼쳐질까? 2월 10일

옥인동에 위치한 에피케 사옥에서 시인 정경훈을 만나
자세한 이야기를 들어봤다.

O. 정경훈

정경훈은 약 10년간 축구 선수였다. 충주 연맹 프로팀
유소년 출신. 같은 주니어 리그에서 대전의 황인범
선수와 경기한 날, 첫 좌절이 왔다. 〈난 박지성이 될
거야〉에서 〈아, 이런 선수가 국가대표가 되겠구나〉로.
그라운드를 떠난 뒤의 길은 순탄치 않았다.
축구를 그만두고 독립을 결심했다. 혼자 살 만한
고시원을 알아보며 걸어가던 중, 누군가 그의 등을 쳤다.
타투이스트 독고였다.
「정 시인, 어디 가.」 시집도 나오지 않았던 시절, 그는
그렇게 불렸다. 커피 한 잔이 저녁이 됐고, 저녁이
동거가 됐다. 「나랑 같이 살자, 내가 널 도와주는 게
아니라 네가 나를 도와주는 거다, 월세 내지 마라.」 눈을
감고 다시 떠보니 그는 독고, 독고의 동료 짙은과
셋이서 살게 됐다. 〈문신〉이 훗날 그의 주요 키워드로
생동하게 된 시작이었다.
2025년 12월 29일 출판사 에피케 사옥으로 원고를 들고
갔다. 전날 비가 와, 1층은 진흙탕이었다. 놓고 갈 수 없어
문을 두드렸다. 그렇게 시작됐다.
Q. 이번 시를 하나의 키워드로 정의한다면
A. 저의 기록입니다.
Q. 시집 안에서 〈기록하지 않겠다〉는 다짐이

반복되는데

A. 매번 무너졌죠.

〈진짜 감정은 통제되지 않고 기록으로 흘러나오는 것

같다〉는 그. 이번 시집 역시 의지가 아니라 필연적

누출이었다는 설명이다.

Q. 시집에서 여러 반복 핵심어가 등장합니다.

개인적으로 가장 좋아하는 단어는 무엇인가요?

A. 〈살아내다〉요. 세 권의 트릴로지를 관통하는

단어이기도 하죠.

Q. 싫어하는 단어는요?

A. 〈위계〉요. 정말이지 부수고 싶은 말입니다.

이 시집에서는 한 사랑의 리듬이 미완, 테크노,

퍼포먼스, 흑백 등의 형태로 연속의 공간화된

로케이션에서 펼쳐진다. 로케이션이 무너져도 이내 곧

재건해 내며 일종의 반복된 수행의 여정을 그려낸 그의

진짜 현실은 어떠할까.

Q. 살면서 절대 떨어질 수 없는 세 가지를 꼽는다면

A. 고양이, 영화, 그리고 살결이요.

Q. 일반적으로 연인이나 애인이라 표현하는데,

살결이라고 한 이유가 있을까요?

A. 소유에 기반한 관계가 아닌 그 이외의 관계까지

전부 설명되니까요.

Q. 그렇다면 사랑이 끝난 뒤에 무엇이 남을까요.

A. 소량의 애정이 있다고 생각해요. 헤어져도 〈보고 싶으면 보자〉, 〈힘들면 연락하라〉고. 저는 점을 찍지 않는 사람이에요.

I. 몸과 문신

Q. 이 시집에서 문신은 장식이 아니라 기록처럼 느껴집니다. 시인에게 문신은 언제부터 〈몸의 언어〉가 되었나요?

A. 오래전부터 몸에 새긴 문신을 시적 형태로 만들어 물성이 될 수 있게 작업하고 싶었습니다. 그 시발점에 대한 정확한 기억은 없지만 되짚어 보자면 2019년 작가 〈독고〉를 중심으로 타투이스트 〈짙은〉° 등과 함께 각지에서 활동하는 문신사, 다양한 아티스트와 도모해 〈Does it look illegal?〉이라는 타투 합법화 운동을 진행했던 때가 떠오릅니다. 아마도 그때부터 문신으로부터 발화하는 이 작업을 어떻게 끌고 가야 할지에 대해 고민했던 것 같아요. 이후 2025년 9월 〈문신사법〉이 국회를 통과한 후 본격적으로 탈고에 열을 올리게 됐습니다.

° 이 책에 수록된 문신 대부분이 짙은의 작업물이다.

Q. 종이에 쓰는 시와 몸에 새기는 흔적은 어떤 점에서 다르고, 비슷할까요?

A. 말 그대로 쓰는 행위와 받는 행위의 다름이지만 이 둘은 같은 지점에 있기도 합니다. 몸에 새긴다는 것은 일종의 자해 행위입니다. 그리고 이런 자해는 시를 쓰는

작업과도 겹치기도 합니다. 나신에서 시작해 과정은 고통이고 끝에는 해방이 기다리고 있는.

문신은 쉽게 지울 수 없기에 때론 후회도 됩니다. 그 양립의 감정에서는 기록되질 않길 바라는 바람도 있을 겁니다. 이런 점이 시와 비슷합니다. 기록은 기억이기에. 그리고 기록은 전부 과거이기에.

Q. 여기서 자해는 어떤 의미인가요?

A. 과거를 내 생에 새기고자 나신을 자처하는 것과 쓰는 행위를 하고자 과거를 헤집는 것, 몸과 정신의 자해임을 알면서도 멈출 수 없는 것, 누가 밀어붙이는 것도 아닌 자신이 하고 싶은 것, 그럼에도 고통에 몸부림치는 것. 이것이야말로 자해가 아닐까요? 비로소 중독이 되어버린 행위들, 피부에 박히는 촘촘한 바늘과 〈무(無)〉의 시공간 속에서 종이를 짓누르는 펜촉. 아마도 그렇게 느껴지는 희열은 문신과 시를 같은 선상에서 볼 수 있는 동일성일지도 모르겠습니다.

Q. 시집 곳곳에서 명치, 가슴, 등판 등 신체의 중심이 반복됩니다. 특정 부위를 의식하며 시를 쓰게 된 이유가 있을까요?

A. 〈없음에서〉, 〈있음으로〉 전복시키고 싶었습니다. 이 원고의 작품성을 최대치로 끌어올리고 싶다는 욕망에 사로잡혔던 시기였기도 했습니다. 분분히 흩어져 있는 문신을 차례차례 모아야 했고, 그 이미지가 필요했으며 〈각주〉로서의 역할 또한 분명해야 했습니다. 어떻게 보면 제멋대로의 기획이었지요. 시로 이루어진 「Cut」이

있다면 사진을 담은 「부록」 또한 공존해야 한다는. 여기서 가장 중요했던 건 바로 〈시네마틱〉한 연출이었습니다. 이 기획과 연출을 빼야 했다면 술에 거나하게 절은 날, 취기의 힘을 빌려 이 원고를 쓰레기통에 넣었을 겁니다.

II. 〈로케이션 49〉와 애도의 시야

Q. 〈49〉라는 숫자는 애도와 시간, 통과의 의미를 동시에 지닌다고 해요. 이 숫자가 시인의 삶과 시에 들어오게 된 계기가 궁금해집니다.

A. 작고하신 아버지의 사십구재를 세어보던 때가 있었습니다. 죽은 이를 향한 고별을 49일이라는 기간에 한했던 그 무렵, 떠나야 할 이가 꿈속에만 나타나 한순간 스치고 사라지던 매일이 계속됐습니다. 산 이는 어떻게든 살아내야 했기에 출퇴근 속에서 그저 날짜만을 세어보던 매일. 그분의 죽음을 유예하며 가장 조용한 모습으로 달력의 날짜를 지우던 그 매일. 앞자리 숫자가 4에 가까워질수록 빨갛게 덮인 날짜를 되돌아보던 하루하루, 49.

여기에 덧붙일 게 하나 있다면 한자 〈사〉의 여러 의미와 숫자 4를 매우 좋아한다는 것. 아, 하나 더 덧붙이고 싶습니다. 사계절이라는 명사는 참 아름답다는 것. 인터뷰에서 시인은 이 숫자에 대해 좀 더 직접적으로 말했다. 49는 보내기 위해 준비하는 시간이면서, 못 보낼 걸 알면서도 보내야 하는 기다림이면서, 다짐의 시간이면서,

살아 있는 이가 다시 나아가기 위해 준비하는 시간이기도 하다고. 이 모든 게 뭉쳐 있는 숫자가 49라고. 그리고 49는 자신을 살아내게 만들어 준 뮤즈들에게 바치는 긴 비문이자 헌사라고 강조했다.

Q. 이 시집의 〈로케이션〉은 실제 장소이기도 하고, 심리적 공간이기도 한 것 같습니다. 시인에게 로케이션은 어떤 개념인가요?
A. 이렇게 설명할게요. 내 발바닥에 얽힌 실존하는 땅. 국경을 넘으며 담았던 두 눈동자 속 메모리칩. 디스토피아 세계에서의 유일한 바운더리. 위계가 없는 비무장지대. 도망의 끝에 있는 낙원. 종말 하는 지구에서의 유일한 방공호. 전복과 위반으로 전위의 시를 쓰는 시인들의 아틀리에. 나만의, 혹은 우리만의 〈피안(彼岸)〉.
그가 창조한 로케이션은 〈땅〉이 없는 시대에, 머릿속에 짓는 〈방〉인 셈이다. 그리고 그의 말대로라면 우리는 삶을 휘엉청 망가뜨릴 만큼의 여파가 있던 관계가 끝나더라도, 바로 이곳에서 삶의 구조를 다시 세울 수 있을 것이다.

Q. 이 시집은 상실 이후에도 계속 움직이고, 걷고, 짓는 몸을 보여줍니다. 이렇듯 애도 이후의 삶을 시로 쓰는 일은 시인에게 어떤 의미였나요?
A. 생존의 시간을 버티는 가운데 종종 뮤즈를 떠올릴 때가 있습니다. 뮤즈와의 일상과 뮤즈와의 산책과

뮤즈와의 몸짓을 그득히 퍼서 시야 앞에 두곤 하지요.
이를 행하기 위해선 깊이 묻힌 과거의 기억으로
되돌아가야 합니다.

Q. 과거를 자꾸 떠올리면 힘들지 않을까요?

A. 과거 매몰된 현장을 파묘하고 삽질하는 일은 분명
곤욕이지만, 그곳에서 발생하는 예측 불허의 사건과
〈플롯plot〉 없는 사고가 덮쳐오면 때론 절정의 영감이
찾아오기도 합니다. 과거를 탐하고 관찰하는 행위를
멈출 수 없는 이유는 바로 이런 부조리의 상태
덕분이죠. 이른바 불합리와 불가능을 전위의 시도로
바꾸려는 상태가 작업하는 존재의 정신을 극으로
치닫게 만들 때도 있기 때문입니다.

이런 정신을 담아 뮤즈 〈트릴로지(trilogy · 3개의
작품으로 이뤄진 3부작)〉를 기획 중입니다. 그중 하나의
작업물이 곧 세상에 나올 예정이고요. 그리고 가장 먼저
나오게 된 이 시집은 저의 뮤즈들에게 바치는 영화이자
몸짓이라 전하고 싶습니다.

III. 영화·음악·리듬에 관해

Q. 시 전반에 영화의 컷cut, 음악 구간이 간접적으로
등장합니다. 시를 쓰는 과정에서 영상, 음악이 어떤
역할을 했을까요?

A. 영화는 시를 포함해 제 삶에서 큰 부분을 차지하고
있어요(때로는 농을 섞으며 저를 〈신발장 시네필〉이라고
소개하기도 해요. 신발만 오고 가는 아주 작은 공간

말이에요, 그만큼 〈영화의 앎〉이 얄팍한 저를 희화화하곤
하죠).

여담이지만 그래서 극장에 가는 날은 무척 설렙니다.
그곳에서만 느낄 수 있는 체험 때문인데요. 이를테면
스크린에서 움직이는 이미지, 커지거나 작아지는 시각,
움푹 팬 상처에 연고를 발라주는 듯한 순간, 어쩌면
옹졸해지는 한 관객의 감정, 적나라한 소리에서 기인한
전율, 청각을 극대화하는 음악. 이 모든 요소가 이 시집
곳곳에도 삽입돼 있습니다.

그러면서 그는 〈독자분들께 영화 「시라트 Sirāt」를 추천하고
싶다〉고 덧붙였다. 아랍어 시라트는 〈길〉이라는 뜻이라고
한다. 그의 길은 지금 어디로 향하고 있을까.

A. 「이슬람교에서는 이 길을 천국과 지옥을 잇는
다리라고 합니다. 가늘고 날카로운 길, 그러니까
이생에선 꼭 건너가야만 하는 길인 거죠. 우리가 가는
길은 불확실이며 우리가 건너가는 다리는 내내
위태롭습니다. 그래서 추천합니다. 이 영화를 꼭
보셨으면 해요. 그리고 여기서 등장하는 테크노도
느껴보세요. 자연스레 이 시집이 떠오를 거예요.」

Q. 〈cut〉이라는 형식이 독자에게 어떻게 읽히기를
기대했나요?

A. 단언컨대 영화적 요소를 보여주고 싶었습니다. 한
시대를 영유하는 우리의 자화상을 영화적 연출로서 그
흐름을 이어가고파 연작과 단편 등으로 엮었고요.
때문에 〈누벨바그(La Nouvelle Vague · 새로운 물결)〉의

컷과 독백, 이미지를 이 안에 넣어야 했습니다.
이를테면 글자로 이뤄진 스크린, 글자로부터 소리가
울리는 스피커, 이미지가 눈으로부터 반사되는
영사기가 된 셈이죠. 이 시집이 〈시의 극장〉이 됐으면
좋겠다는 게 저의 바람입니다.
그래서 시인은 〈이 원고를 출판사에 가져갈 때도 파일이
아니라 실물로 보여줘야 한다〉고 생각했다고 한다. 쪽을
넘길 때마다의 리듬, 이미지의 배치, 그 모든 걸 직접 연출해
놓은 원고였기 때문.

IV. 헤테로토피아, 시집의 시공간

Q. 사랑이 종국엔 이해와 화해로 귀결되는 다른 시와
달리, 이 시집은 끝내 완전히 이해되지 않는 상태를
유지합니다.

A. 이번 시집에서 등장하는 사랑은 〈아가페agape〉가
아닌 연인의 사랑에 초점을 맞췄습니다. 아가페, 즉
무조건적인 사랑은 화해와 이해를 넘어선, 그러니까
사랑의 참된 실현을 위해 희생이라는 조건이 함께하기
마련입니다. 솔직히 저의 사랑관과는 거리가 다소
있어요.

이에 반해 연인의 사랑에는 이별, 작별, 그리고 사별도
있잖아요. 이렇듯 완전히 이해되지 않는 사랑도, 사랑
아닐까요? 개인적으로는 연인과 헤어진 후, 귀결을 두지
않는 편입니다. 〈다시 보지 않겠다〉는 선언 따위 버린
지 오래예요. 너무 보고 싶을 때 보는 것, 좌절하고

절망할 때 일으켜 달라고 손 내미는 것, 그리고 축하할
일, 축하받을 일이 생기면 축하해 주고 싶은 것, 그렇게
필리아의 관계로 공생하며 살아내는 것. 그 작은 애정을
손에 듬뿍 쥐어 주며 응원해 주고 싶을 뿐입니다.

Q. 이 시집은 어떤 의미에서 하나의 통과의례처럼
읽히기도 합니다. 집필 후, 시인의 삶과 시 쓰기에 어떤
변화가 있었나요?

A. 집필하던 때를 되짚어보는 시간이 늘어났습니다.
일례로 찬찬히 제 몸에 새겨진 문신의 기억을 마주하는,
이국을 떠돌다 에로틱한 순간을 보내고 한 인물이 한
인물을 지그시 바라보던 시간…… 동시에 기억을 잡고
나아가고 싶은 순간도 있습니다.

이를테면 끈끈한 띠가 되어 이어지는, 그렇게 팽팽한
끈이 된 기억을 잡고 어딘가로, 아주 먼 곳으로,
어딘지도 모르는 곳으로 정진하는. 그렇게 〈어쩌면
나라는 존재는 과거라는 우주에서 떠도는 우주비행사가
아닐까〉 하는 공상도 해봤습니다.

Q. 자신을 발견하셨군요.

A. 돌이켜보면 저라는 존재를 인정하게 되는
시간이었던 것 같아요. 미지, 그리고 미래와의 조우를
위해 유유히 떠도는 존재, 반복하며 길을 잃는 존재,
사회와 현실에서 동떨어졌음을 자각하면서도 그럼에도
헤맴을 선택한 존재가 아닐까 하는.

시인은 스스로를 〈그저 살아내는 존재〉라고 일컫는다.
미래를 모르기에 떠돌고 헤맨다는 그는, 인터뷰 후 보내온

작은 편지에 〈오래간만에 원고를 펼쳤다〉며 다음과 같은
인사를 덧붙였다.
〈그때의 장소와 인물과 계절이 무릇 따스하게 느껴진다.
들여다보니 좋았던 때였다. 슬픔이었고 좌절이었다,가 아닌
그때 참 좋았다,는 인정을 새롭게 해본다.〉

Q. 시간이 지난 뒤 이 시집을 다시 읽게 된다면, 가장
먼저 멈춰 서게 될 페이지나 문장은 어디일까요?
A. 서문이요. KBS2 드라마 스페셜 2016 「아득히 먼
춤」의 대사를 옮겼어요. 이 시집을 펼치는 독자에게
건네는 저의 〈안녕〉이기도 합니다.
동시에 가장 아끼는 페이지로는 〈시인의 말〉을 골랐다.
시인의 말로는, 정작 시는 하나도 안 슬프다고, 초연한 자기
기록이기에. 그러나 〈시인의 말〉에는 자기가 하고 싶었던
진심이 정확히 담겨 있어서 슬퍼진다고.
〈그리울 거야. 이건 우리만의 로케이션.〉

V. 사이시옷 시리즈와의 연결

이 시집은 에피케 출판사의 「사이시옷 시리즈」의 세 번째
책이다. 〈이어지는 시집〉이라는 개념에 대해 시인은 어떻게
생각할까.
그는 에피케 시인선을 교보문고에서 처음 봤다고 했다.
웬만한 유명 대형 출판사의 책보다 눈에 더 띄었다고.
자신의 원고도 이처럼 예쁜 책이 됐으면 좋겠다는 생각이
머리를 잠식했지만 〈다른 시집과 달리 사진이 많이

들어가기에 출판이 녹록지 않을 거〉라 생각했다고 한다.
하지만 에피케 시인선을 보는 순간 〈반드시 여기에 담겨야
된다〉는 확신이 들었다.
〈이어지는 시집〉이라는 개념에 대해 그는 〈위계를 무너뜨릴
수 있는 하나의 흐름〉이라고 말했다. 이른바 잘 나가는
시인을 먼저 계약하거나 꼭 업계에서 상을 받아야 출판할 수
있는 구조가 아니라, 위계 없이 좋은 내용을 택하는 신념에
주목한 것이다. 그러면서 그는 다음과 같이 강조했다.
그래서 〈멋〉있다고.

Q. 멋이란 무엇인가요?
A. 멋은 억지로 꺼내는 것이 아니라 그 자리에 머물러
있는 거예요. 요즘은 멋있어 보이려고 해서 멋이 없어진
시대잖아요. 그래서 저는 그저 묵묵히 제 것을 쓰면서
기다리고 싶습니다.
끝으로 시인은 자신이 준비해 온 글을 읽어 줬다. 〈멋〉에
대한 소신이었다.
A. 이미지는 모두가 알다시피 힘이 강해요. 그리고 글의
힘은 세요. 힘센 것과 강한 것은 동일 선상에 있어요.
그렇다면 현재 멋의 위치는 어디에 있을까요?
자, 이제 열거해 볼게요. 꾸며낸 멋은 예술의 본질과는
아주 먼 곳에 있어요. 고백하자면, 멋이 없어졌다고
말하겠습니다. 힙합은 멋이 없다는 말도 이 궤와
같아요. 이율배반적인 가사와 멋으로 두른 이미지와
척하는 태도. 서브컬처라는 커다란 벽 뒤에 숨으려 하니,

이미 없어지고 있는 멋을 끝끝내 소멸시키고야 마는
거예요.

현대미술은 대중의 비웃음이 됐고, 라이브 퍼포먼스는
뽐내려는 멋으로 그득해요. 문신사법은 합법이 됐지만,
멋과 돈이냐, 치유와 예술이냐에 대한 견해 차이로 파가
나뉘었어요. 저는 아쉬울 뿐입니다. 예술을 사랑하는 한
명의 대중으로서요.

멋은 그게 아닌데요. 멋은 억지로 꺼내는 게 아니라 그
자리에 머물러 있는 것인데요. 그래서 대중은 오히려
날것에 박수를 보내고 있어요. 옛것을 눈에 담으려 하고,
귓속에서 재생하며, 입 밖으로 꺼내고 있어요. 이젠
고전에 시간을 쏟고 있고요.

그럼에도 저는 평생 예술을 사랑할 겁니다. 그래서
더욱더 멋을 기다려요. 이 멋없는 시대에서, 튀기 위해
발광하는 현대에서, 묵묵히 저의 것을 쓰면서,
행하면서요. 제자리에서 펼쳐내는 누군가의 세계를
듣고 보면서 기다립니다. 아름다운 문신, 진실한 가사와
힙합다운 힙합, 고독과 장고가 묻어 있는 미술, 가장
자기다운 자신만의 시와 글. 저는 멋을 믿습니다.

기자의 말

정경훈은 자신의 시를 통해 완성보다 지속을, 치유보다
버팀을 선택한다. 종말 이후에도 계절은 돌아온다는
믿음 하나로.
실제로 인터뷰 내내 그는 자신의 시가 슬프지 않다고

했다. 기록일 뿐이라고. 그러면서 문신 받는 일과 시
쓰는 일을 같은 자리에 놓고선, 둘 다 자해라고도 했다.
돌이켜보면 프랑스 철학자 조르주 바타유도 자신의
저서 『저주의 몫』에서 비슷한 종류의 소모를 말한 바
있다―쓸모없어 보이는 데 쏟는 에너지가 오히려
인간을 인간답게 한다고. 시인도 좋아한다는 바타유의
저서 『에로티즘』과 『불가능』처럼 그의 기록도 어쩌면
동색의 줄기처럼 이어지고 있을지도 모른다. 멈출 수
있는데 멈추지 않는 고통, 지울 수 있는데 지우지 않는
기록으로. 사랑 이후를 기록하는 가장 정직한 방식으로.
〈사월이 오겠구나〉―시집의 마지막 문장이다. 묵묵히
멈추지 않고 〈겨울〉을 통과한 사람만이 남기는, 가장
낮은 곳의 인사가 우리를 기다리고 있다.

사계절 시네마

지은이 정경훈
발행인 홍유진
발행처 에피케
대표전화 02-334-2024
홈페이지 www.epikhe.com
인스타그램 @epikhe_books
이메일 hello@epikhe.com
에피케는 여러분의 소중한 원고를 기다립니다.

Copyright (C) 정경훈, 2026, *Printed in Korea.*

Photo taken by Docucu(강다니엘)

ISBN 979-11-998499-1-4 03810
발행일 2026년 4월 10일 초판 1쇄